KB010545

휴가

2015
수 상
작품집 휴가

초판1쇄 인쇄 2014년 12월 26일
초판1쇄 발행 2015년 1월 5일

지은이 김엄지 외
편집주간 황충상
펴낸이 윤영수
펴낸곳 문학나무

출판등록 1991년 1월 5일 (제300-1991-1호)
편집실 110-809 서울시 종로구 동숭4나길 28-1 예일하우스 301호(편집부)
이메일 mhnmoo@hanmail.net
영업마케팅 120-800 서울시 서대문구 남가좌동 5-5 지하 1층(영업부)
전 화 02-302-1250 **팩스** 02-302-1251
이메일 mhnmu@naver.com

2 0 1 5 수 상 작 품 집

휴가

스마트소설박인성문학상
취지문

스마트소설박인성문학상은 소설가 박인성의 작가세계를 기리는 계간 『문학나무』와 박인성기념사업회가 우리 시대의 뛰어난 스마트소설에게 주는 작품상이다.

소설가 박인성은 『파장금엔 안개』, 『호텔 티베트』, 『봄베이 봄베이』, 『이채영은 잘 있다』 등의 작품을 남겼다. 그는 평소에 "단편 하나를 읽고 나서도 단 5분이라도 '멍'한 상태에 빠지면서 눈이 감겨지는 작품을 만나고 싶다"고 말했다. 이 상은 그 바람을 스마트소설로 구현하고자 한다.

스마트소설이란 짧은 형식 안에 깊은 내용을 담으려는 픽션의 다른 이름이다. 『문학나무』는 손 안의 컴퓨터인 스마트폰을 겨냥하는 새로운 소설을 파종하여 품격 있는 차세대 문학의 지평을 열고, 작금의 범람하는 디지털문화와 넘쳐나는 매스미디어 홍수 속에, 신뢰 가능하며 유의미한 중심추가 되기를 희망한다.

계간 『문학나무』가 제안하는 스마트소설은 문학의 미래를 열어가는 전위가 될 것이다. 따라서 스마트폰에 들어가는 스마트소설은 첨단성을 갖는다. 분량이 짧고, 소통의 속도가 빠르고, 당대의 현실에 민감하다. 쌍방향 문화를 담보할 이 스마트소설의 질적 발양을 위해서 『문학나무』는 깊은 통찰과 실험적 기법, 명징성과 간결미가 담긴 새로운 문체를 갈구한다. 시대의 담론과 핵심 사안들을 정면으로 다룰 당대성 있는 작품을 갈구한다. 이는 치열한 작가정신을 갈구한다는 말에 다름 아니다.

스마트소설박인성문학상은 박인성기념사업회가 제정하고 계간 『문학나무』가 주관한다. 『문학나무』는 박인성문학상 작품집 발간과 더불어 우리 시대의 문학 범위를 넓히는 불꽃 역할을 다할 것이다.

차 례

심사총평

현대판 패관들의 행진

1

바야흐로, 한국소설의 어느 한 부분이 아주 오래된 소설이라는 말의 뜻을 향해 꼬리 지느러미를 민첩하게 내저으며 물살을 거슬러 올라가는 느낌이다.

무슨 말이냐?

가장 앞서 가는 것이 가장 먼 옛날 그 소설의 시원을 가리키며 자신의 본성을 새롭게 드러내고 있다는 것이다. 하, 무슨 말이냐? 지금 소설이 어떻게 되고 있다는 것이냐?

스마트소설 얘기다. 이 아기자기한, 올망졸망해 보이는 엽편들을 보라. 그 길이가 앙증맞지 않은가. 쫄면발을 후루룩 들이마시듯 한눈에 쓰윽 담아버릴 수 있을 것처럼 보이지 않는가?

하지만 작다고 그 용적이 작은 게 아니요 가볍다고 그 밀도가 작을 수만은 없다. 요즘 시에서도 짧은 시를 쓰자고 할 때 그것은 혀 짧은 소리를 내라는 뜻이 아니요, 그 부피와 무게의 작고 가벼움 속에 길고 넓은 시공간과 깊고 절실한 마음을 담아보자는 것이었다.

올해 3회째, 스마트소설은 과연 얼마나, 어디까지 진화해갈 수 있을까?

2

그 시금석이 바로 김엄지 씨의 「휴가」다. 여기 닷새 동안의 휴가를 맞이한 주인공이 있다. 이 닷새라는 시간부터 작가는 상징적 의미를 구성하고자 했다. 모름지기 숫자는 모든 상징으로 통한다. 왜 하필 닷새인가? 예전 같으면 엿새여야 했겠다. 그러나 요즘 같은 주5일 근무제 속에서는 닷새 휴가가 완전함을 상징한다. 이 5일은 직장인이 가질 수 있는 충만한 시간 전체를 의미할 수 있다.

그는 이 완전함을 가능하면 눈을 맞으며 낚시를 하고 어탕을 끓여 술을 곁들여 먹고 싶다.

완전한 즐거움이다. 완전한 휴가다. 하지만 이 충만함은 실현될 수 없다. 단지 그의 머리 속에서만 상상적으로 동경하는 것으로 그칠 뿐이다. 현실 속의 그는 주어진 시간 전부를 집에서, 침대에서, 입지 않는 옷을 버리고 마트에 가서 생선을 사다 끓여먹고, 혹여 자신에게 닥쳤을지도 모르는 고립을 생각하며 보낸다.

원고지 분량 열 페이지 남짓? 그러나 작가는 할 수 있는 말을 다한 것도 같다. 현대인은 고립을 두려워하면서도 고립을 꿈꾼다. 고립되고도 살아갈 수 있다면 그들은 그렇게 할 것이다.

3

최민우 씨의 「웅고의 나라에서」는 아주 흥미로운 소설이다. 우선 중심인물 격인 웅고나 쟝이 일하고 있는 공장이 보통 공장이 아니다. 다른 물건을 만드는 공장이 아니라 인부, 즉 일하는 사람, 노동자를 제조하는 공장이다. 여기서 웅고는 이두박근을 어깨뼈와 노뼈에 연결하는 일을 한다. 이런 공장이 세상에 있을까? 당연히 없다. 없기 때문에 이 소설은 우화적인 상징성을 내포하게 된다.

웅고와 쟝은 어디서 왔나? 아프리카의, 프랑스 식민지 시대를 겪은 내정이 지극히 혼란스러운 나라에서 왔을 것이다. 거기서 웅고와 쟝은 서로 적대적인 사람들이었고 서로들 사이에 잔인하게도 피를 요구하며 싸웠다.

하지만 한국 땅에서 그들은 동족이다. 우리나라의 '난민'들이 미국에서는 한 민족이 될 수 있듯이. 그들은 이곳에서 동병상련을 나눌 수 있는, 서로를 이해할 수 있는 마음의 용적을 가지고 있다.

이 소설의 마지막 재미는 쟝이 떠난 후 이 공장에서 제조된 인부들이 모두들 웅고와 쟝의 나라의 말을 하고 있다는 점이다.

이 소설이 그리는 한국의 미래가 흥미롭다. 그들이 웅고와 쟝의 '유전자'로 이루어진 한 그들은 때로 피투성이로 싸우며 사회적 적대를 양산할 것이다.

그러나 그들은 또한 이 낯선 '단일민족국가'의 신화를 깨며 서로 의지하는 소수자들로 살아갈 것이다. 이 미래는 결코 밝지만은 않다. 우리들은 웅고나 쟝 같은 말을 사용하는 사람들과 함께 살아가게 될 것이다. 그들을 이해하지 않을 수 없는 이들이 되어, 원치 않아도 그들과 함께.

4

올해의 출품작들은 하나 같이 출중한 문제 제기 능력을 보여준다. 심아진 씨의 「감자와 나」, 그리고 정세랑 씨의 기상천외, 재기발랄한 이야기 설정법은 그들이 도대체 무엇을 말하고자 하는지 궁금해하지 않을 수 없게 한다. 그러나 작가들은 심각하게 꼬아놓지 않았다. 심아진 씨 소설의 주인공은 말한다. "내가 누구인지 궁금해 하지 말기 바란다. 남자인지, 여자인지, 노총각인지, 노처녀인지, 지금 그런 걸 따질 때가 아니란 말이다."

이 말은 최근 우리 젊은이들의 체념과 반항어린 삶의 의식을 단적으로 드러내 보인 것으로 보인다. 그렇다. 감자볶음, 더 정확히 말해서 감자채볶음을 만드는데 '나'는 실패했다. 그러나 어쩌란 말이냐. 실패해도 나는 나인 것을. 나를 세상의 척도, 감자채를 적당히 요리할 수 있는 사람들에 견주어 재단하지 말라.

정세령 씨의 「남대문 안경」 또한 현대의 젊은이들의 자기 의식을 묻는 일종의 우화라고 할 수 있을 정도다.

여기 브리타 훈겐이라는 여성이 있다. 그녀는 최대의 안경 모델이지만 정작 그 자신은 그 경위를 알지 못한다. 네덜란드의 작은 마을에서 자란 브리타는 벨기에와 독일과 네덜란드의 국경이 만나는 곳에서 놀면서 자랐다. 그런 그녀가 자신의 안경 쓴 얼굴을 모델로 삼은 안경점을 찾아 머나먼 한국을 찾아온다. 마침내 그녀는 자신의 안경을 간판으로 내세운 남대문 안경점을 발견했고, 거기서 큰 폭의 할인을 받아 안경을 사고는 멋지게 웃었다.

이것은 도대체 무슨 얘기인가? 아마도 그것은 현대 젊은이들의 정체성 박약에 관한 이야기거나 그럼에도 불구하고 자기를 추구해 갈 수밖에 없는 역설에 관한 이야기다. 그녀는 이 먼 곳에서 자기 자신의 존재를 확인한다. 그러나 물론 이 확인은 소설의 톤으로 볼 때 부정적이지만은 않다.

이 두 작품은 서로 다른 것 같으나 연결되어 있다. 하나는 단지 감자볶음요리의 실패담 얘기고 다른 하나는 먼 곳에서 찾아온 모델이야기지만, 이들은 모두 우리가 어느 세대에 속해 있든 자기의 가능성을 추구해야 한다는 것을 말하고 있다.

5

최정화 씨의 「K씨가 도망간다」와 황혜련 씨의 「운수 좋은 날」은 부담없이 읽을 수 있는 우리 시대의 음화다. 이 두 작품을 쓴 작가들은 우리가 살아가는 세계의 속물성을 갈파하고 있으되 이를 미워하는 대신 감싸안아 주면서 따뜻한 시선으로 긍정해 준다.

「K씨가 도망간다」는 얼핏 보면 밑도 끝도 없는 아무 의미 없는 얘기 같다. 그런데 그렇지가 않다. 사십대 중반의 뚱뚱한 사내, 그는 왜 나로부터 달아나려 하나? 그는 횡단보도를 건너다 말고 책을 떨어뜨리고 뒤돌아서 달아난다. 그가 떨어뜨린 책은 시립도서관 관인이 찍혀 있었던 까닭에 나는 그곳에 책을 돌려주러 간다. 거기서 나는 자신과 같은 또래의 사람들이 도서관을 찾아들어와 있는 것을 본다. 또 거기서 K씨와 조우한다. K씨는 황폐한 사람의 모습을 하고 있었으며, 나는 가까스로 그에게 책을 돌려준다.

K는 왜 내게서 그렇게 달아나려고 했나? 나는 그후로 이 문제에 매달린다. 그리고 해답을 내게서 그가 느꼈을 두려움에서 찾았다. 이웃이, 잘 아는 사람이, 무력하게 이 시대를 살아가는 이에게는 두려움의 대상인 것이다.

「운수 좋은 날」의 이야기는 일층 더 명료하다. 옛날 그 현진건의 운수 좋은 날은 알고 보니 가장 운수 사나운 날이더라는 아이러니의 구조를 취했다. 인력거 장사가 그날 따라 운이 좋았다고 생각한 날 주인공의 아내는 세상을 떠버리고 있었다는 것이다. 황혜련 씨는 장례식장의 운수 좋은 날을 이야기한다. 도둑들이 털어 가버린 줄 알았던 돈가방이 바뀌었다는 얘기다. 잃어버린 줄만 알았던 돈가방이 돌아오는 바람에 슬픔의 예식을 치러야 할 운구행렬은 순식간에 기쁨의 도가니로 변한다.

참 속악한 세상이다. 하지만 작가는 이러한 세태풍경을 날

카롭게 꾸짖지 않는다. 연민과 동정, 아이러니의 작가는 우리들 삶의 부조리를 대하면서 씁쓸하게 웃는다. 그러면서 말한다. 이것이 우리들의 자화상이니 어찌 하겠느냐고.

6

스마트한 소설들을 읽었건만 세상은 어쩐지 스마트하지 못한 것 같다. 여전히 세상은 모순덩어리, 씁쓸한 우울의 시연장이다.

작가들은 이 나뭇잎 같은 소설들을 쓰면서도 그것이 세상의 축도가 되어 거울처럼 우리를 비추어 줄 수 있도록 한다. 그들은 마치 먼 옛날 옛적 패관들처럼 민간에 떠도는 이야기들을 폰에, 인터넷에 올린다.

때로는 믿을 수 없을 것 같고 때로는 기록의 가치가 없을 것도 같다. 하지만 그래서 작은 이야기, 즉 소설이라 이름 붙여진 글들이 사람들에게 세상이 어떤 곳인지 알려주었다.

현대판 패관, 스마트소설의 작가들이 바로 그렇다. 이들로 하여 우리는 세상의 모습과 그 세상에 대해 우리가 품고 있는 감정의 형체를 재확인하며, 김엄지의 「휴가」를 제3회 '스마트소설박인성문학상' 수상작으로 선정하였다.

— 본심 심사위원 | 정현기 윤후명 방민호(집필)
— 예심 심사위원 | 주수자 양진채 안서현

포기하는 방식으로

  그러나 쉽지 않았고 고민하는 사람의 역할이 언제나 내 몫인 것 같아 원하지 않는 무게를 짊어져야 한다면 사변적인 게 창피하기는 하지만 숨기고 싶은 것을 숨기기 위해서 옆모습을 포기하는 방식으로.

— 수상자 | **김엄지**

김엄지

1988년 서울 출생. 2010년 『문학과사회』 신인문학상 「돼지우리」 등단. 에세이집 『소울반띵』. 동인 '무가치' 활동 중. e-mail:thea18@naver.com

휴가

그는 5일간의 연휴를 갖게 되었다. 그는 바다나 호수, 강가에 갈 계획을 가지고 있었다. 그는 낚시를 하고 싶었다. 단지 낚시만 하고 싶었다. 같은 숙소에서 3일 동안 머물 생각이었다. 낚시를 하고, 직접 잡은 고기를 탕으로 끓여 술과 먹고 싶었다. 그러나 눈이 멈추질 않았고, 그가 희망하는 바다나 호수, 강은 너무 멀리에 있었다. 버스는 지체될 것이었다. 족히 여섯 시간은 각오해야 할 것이었다. 일곱 시간이 될 수도 있고, 여덟 시간이 될 수도 있었다. 눈과 눈 사이에 고립이 될 수도 있었다. 그는 고립에 대해서 약간의 환상을 가지고 있기도 했지만, 두려움이 더 컸다. 그래서 그는 휴가 첫째 날을 고민과 염려로 보냈다.

그는 침대에 누워서 생각했다. 만약에 눈이 그쳤다면, 나는 얼마나 큰 물고기를 잡을 수 있었을까. 그는 짐작 할 수 없었다. 그리고 그가 꼭 큰 물고기를 원하는 것도 아니었다. 큰 물고기이거나 작은 물고기이거나 상관이 없었고, 아무것도 잡지 못한데도 상관이 없었다. 그렇다면 왜, 나는 낚시를 가려고 했던 걸까. 그는 낚시를 결심했던 이유가 무엇이었는지 알 수 없었다. 도대체 왜 낚시를. 왜. 그리고 그는 곧, 눈이 많이 와서 낚시를 가지 못하는 상황이 차라리 다행이라고 생각했다. 그는 오랫동안 널지 않을 빨래가 떠올랐다. 입지 않는 옷은 영영 버려야겠다고 생각했다. 그의 옷들은 세탁기 안에서 한 가닥의 두꺼운 밧줄처럼 얽혀있었다. 그는 그것들을 그대로 끌어안고 집밖을 나섰다. 그리고 그의 집에서 가장 가까운 헌 의류함에 그것들을 집어넣었다. 이미 집어넣은 후에 그는, 혹시 옷 속에 지폐가 들어 있지는 않았을까 하는 걱정을 하게 되었다. 그는 이미 헌 의류함에 들어간 옷들의 주머니 속이 궁금해져서 난감했다. 그러나 이내 곧 괜찮아졌다. 아무것도 없었을 것이라고, 그렇게 생각하기로 마음먹었다. 이미 어쩔 수 없는 일이었다. 세탁기 안에 옷을 해결하고 나자 그는 큰일을 해낸 것처럼 뿌듯한 마음이 되었다. 그래서 그는 휴가 이튿날을 내내 뿌듯함으로 보냈다.

휴가 셋째 날 아침 그는 마트로 갔다. 생선과 몇 가지 향신료, 소주를 사서 집으로 돌아왔다. 그는 생선탕을 끓인 뒤에 소주와 함께 먹었다. 눈이 그치지 않았다. 낚시를 갔더라면 고립될 수 있었을까.

휴가 넷째 날에 그는 침대에 누워 고립에 대해서 오래 생각했다. 아무것도 상상할 수 없었다. 그는 어두운 창밖을 바라보다 잠이 들었다.

휴가 마지막 날에 그는 몹시 고립되고 싶어졌으나 눈이 그쳤다. 그는 새로운 와이셔츠가 필요하다고 생각했다. ✤

통영

수이와 나는 늦은 오후에 카페에서 만났다. 수이와 나는 날씨에 대해서, 확신에 대해서 두 시간 동안 이야기를 나눴다. 주로 수이가 말했고, 나는 들었다. 나는 수이의 얼굴을 보면서 얼마 전 헤어진 여자의 얼굴을 떠올렸다. 수이의 얼굴은 헤어진 여자와 아주 닮은 것도 같았지만, 전혀 다른 것도 같았다. 수이는 오늘 밤 B를 만날 것이라고 말했다. 그녀는 내게 함께 B를 만날 것을 제안했다.

너에게 도움이 되는 사람일거야. 수이가 말했고, 나는 그러겠다고 대답했다.

B는 횟집 수족관 앞에서 우리를 기다리고 있었다. 그는 주머니가 많이 달린 조끼를 입고 있었다. B와 나는 악수를 했다. B는 나보다 키가 작았다.

통영에서는 뭐가 제일 맛있습니까? 나는 수족관 속에서 헤엄치는 몇 가지를 보며 B에게 물었다.

B는 오징어를 추천했다. B는 오징어를 추천하는 이유에 대해서 길게 이야기했다.

수이와 나, B는 원형의 탁자에 앉아 오징어와 새우와 소주와 맥주를 주문했다.

B가 제일 먼저 술에 취했다. 술에 취한 B는 말이 많아졌다.

우리는 지금 속고 있습니다. 우리는 인권이 없습니다. 도덕적 직관도 아무런 소용이 없습니다. 우리는 그저 행동하면 되는 겁니다. 그것이 확실하다고 말하고 행위 한다면, 무얼 더 의심해야합니까? 나는 그래서 그들이 거짓말을 하고 있다고 생각합니다. 내가 나의 문화권을 지지하는 것이 잘못입니까? 나의 문화권이기에, 나의 것이라고 생각하고 지지하는 것이지요. 그렇지만. B는 그렇지만, 하고 말한 다음에 고개를 푹숙이고 숨을 몰아쉬었다. 그의 얼굴은 시뻘겋게 달아올라 있었다. B는 곧 바닥에 가래를 뱉거나 구토를 하거나 크게 소리칠 것 같았다. 나는 만약 B가 가래를 뱉거나 구토를 하거나 소리칠 상황에 대해 어떻게 대처해야 할지 생각했다. 침착해야겠지. 적당히 웃는 얼굴을 유지해야겠지. 괜찮습니까? 물어봐야겠지. 나는 속으로 다짐했다. 그러나 B는 가래를 뱉지 않았고 구토를 하거나 소리치지 않았다. B는 그대로 고개를 숙이고 숨만 몰아쉬었다. 나는 숨을 몰아쉬는 B의 모습이 미련하다고 생각했다. 어쩌자고 저 지경으로 취한 것인지 알 수 없었다.

취한 것 같군. 나는 눈짓으로 B를 가리키며 수이에게 말했다.

넌 B를 몰라. 지금 기분이 상한 것뿐이야. 수이는 B가 취하지 않았다고 덧붙였다. 수이는 B의 이야기에 흥미를 느끼고 적당한 호응으로 그를 대했다.

윤미한테 전화 좀 걸어줘.

윤미한테 전화 좀 걸어.

윤미한테 전화 좀 걸라고. 술에 취한 B는 윤미를 찾기 시작
했다.

유 노 윤미?

전 윤미를 모릅니다. 내가 말했고,

넌 아는 게 뭐니? 수이가 웃음을 섞어 말했다.

B는 고개를 푹 숙이고 눈동자만 치켜 뜬 채로 수이를 응시
하고 있었다.

윤미윤미윤미. B는 윤미를 반복했다. B는 취한 것이 분명
했지만 시종일관 수이를 쳐다보고 있었다. 나는 알고 있었다.
B의 시선이 수이의 목덜미에 닿아 있다는 것을. 오로지 목덜
미만을. B는 수이와 자고 싶어 하는 것이 분명했다. B의 초점
은 오직 수이를 향해 있었고, 그의 그런 눈빛을 확인하자 나도
수이와 자고 싶어졌다. 언젠가 이전에도 수이에 대해서 비슷
한 생각을 한 적이 있었다. 한 번, 두 번, 혹은 세 번. 나는 수이
와 자고 싶었는데, 그때마다 그리 급한 문제는 아니라고 결론
을 내렸다.

니 인생에 상징이 있냐? 수이는 맥주가 담긴 유리잔을 요란
하게 내려놓은 뒤에 큰 소리로 말했다.

없네. 없어. 수이는 천천히 고개를 가로 저으며 입맛을 다
셨다.

*

B는 운전석에 앉아 핸들에 고개를 처박고 있었다. 나는 그의 옆, 조수석에 앉아 있었다. B의 차일까, 나와 B가 탄 차는 해변 모래사장에 주차되어 있었다. 반쯤 열린 내 쪽의 차창에서 축축한 바람이 불어들었다. 곧 해가 뜰 것 같았다. 수이는 보이지 않았다.

B와 수이와 나는 상징에 대해서 얼마간 이야기했고, 소주와 맥주를 더 주문했다. 횟집에서 수이가 울었고, 어째서 수이가 울었는지는 기억이 나질 않았다. B는 점점 더 빠른 속도로 술을 마시다가 두어 번 고함을 질렀던 것 같은데 누구를 향한 것인지는 알 수 없었다. 나는 술자리에서 조금 졸다가 아주 잠이 들었던 것 같았다.

수이는 어디로 간 걸까.

바다에는 왜. 나는 생각했다.

B는 기이한 신음소리를 내며 잠에서 깼다. 그는 핸들에서 고개를 들고 하품을 하고 기지개를 켠 뒤에, 운전석으로 다시 몸을 기대었다. B는 담배를 꺼내 물었다.

확신은 어디에서부터 생기는 겁니까? 나는 고개를 창밖으로 내밀고 B에게 물었다.

눈썹이지요. B는 거의 중얼거렸다. B가 눈썹이라고 대답했기 때문에, 어쩌면 이미 그는 수이와 잤을지도 모르겠다고, 나는 생각했다.

해가 뜨고 해변이 환하게 밝았을 때, 수이에게서 전화가 걸려왔다.

어디에 있어? 수이가 수화기 너머에서 내게 물었다.

나는 잠깐 동안 내가 어디에 있는지 생각해야 했다.

통영. 나는 대답했다.

그렇게 대답한 뒤에도 나는 내가 어디에 있는지 한참을 생각해야 했다. ⚡

김은희

1986년 서울 출생. 추계예대 문예창작과. 동국대대
학원 국어국문과 석사과정. 2014년 「세계일보」 신춘
문예 소설 「페이퍼 맨」 당선.
e-mail:valokang@naver.com

모기 죽이기

　이야기는 장이 모 방송국에서 창사특집으로 아마존에 관한 특별 다큐멘터리를 기획했던 시점부터 거슬러 올라간다. 장은 아마존 다큐멘터리 제작진 중 한 명이었다. 그는 다른 동료들과 마찬가지로 정글로 떠나기 전 A형간염, 말라리아, 장티푸스, 황열, 수막구균, 공수병을 비롯한 수많은 예방접종을 몇 주에 걸쳐 맞았다.

　"수많은 균들로 무장을 했던 셈이지."

　그때를 회상하며 장이 말했다.

　그들은 떠나기 전부터 아마존의 열악한 환경과 식인종에 살짝 겁을 먹고 있었다. 그러나 정작 그들을 괴롭게 한 것은 식인풍습이 남아 있는 부족과의 만남도 아니었고, 화장실도 제대로 갖추지 못한 열악한 환경도 아니었다. 그것은 아마존 모기떼들이었다.

　정확히 말하자면 그것은 파리목에 속하는 흡혈곤충으로, 삐용이라고도 불리는 모래파리(Sandfly)였다. 삐용은 상상을 초월할 정도로 작았고, 수가 많았다. 장은 동료들과 함께 문명의 흔적이 전혀 없는, 부족의 맥을 잇기 위해 고통을 수반한 전통이 유지되는 다양한 삶의 모습을 카메라에 담으면서 끊임없이 달려드는 모기떼를 감당해야 했다. 그러나 모기들은 '습격'이라고 표현할 정도로 제작진에게 달려들었다. 때문에 그들은 걸어가면서도 방충망으로 된 그물을 덮어썼고, 그마저도 뚫고 들어오는 모기 덕에 찌는 듯한 더위 속에서도 긴팔과 긴바지를 챙겨 입었다. 그러나 그러한 노력은 아무 소용없었다. 피부는 울긋불긋해졌고, 부풀어 올랐으며 가려움증이 도졌다. 가려움증은 차라리 고통에 가까웠다. 중요한 것은 '잠'이었다. 그들은 밤낮을 가리지 않고 끊임없이 달려드는 모기떼로 인해 제대로 된 잠을 이룰 수가 없었다. 나중에는 뇌 속까지 가려울 지경이었는데, 장은 그때의 기억을 끄집어내며 치를 떨었다.

"고대 중국에서는 사람이 자지 못하게 수십 개의 작은 바늘로 온몸을 찌르는 고문도 있었다지."

잠을 자지 못한다는 것은 고통이었고, 수십 개의 바늘은 고문에 가까웠다. 장은 동료들보다 유별나게 모기떼에 시달리고 있었다. 처음에는 내 피가 맛있나보지, 라며 농담을 하던 장이었지만 나중에는 몸 안에 있는 피를 모조리 뽑아내고 싶은 충동에 휩싸였다. 장은 다리, 엉덩이 사이 부근은 말할 것도 없고 두피까지 모기에게 물려 가려움이 극에 달해 있었다. 물린 부위는 피부가 잔뜩 부풀어 올라 모공이 눈에 띄게 확장되었다. 얼굴과 몸은 형편없이 부풀어 올라 이목구비가 사라질까 겁이 날 정도였다. 장은 흙더미 위에 오줌을 싸갈기고 그

흙을 가려운 부위에 비비기도 했다. 그러나 곧 모기들이 주위를 에워쌌으므로 장의 노력은 무의미했다.

그들에게 틈새를 보이지 않기란 너무도 어려운 일이었다. 일단 그들은 너무 작았다. 모기장의 구멍 정도는 손쉽게 통과할 수 있었다. 모든 약탈은 틈새를 허용하는 순간 벌어진다. 그들은 좁은 틈새를 통해 원하는 것을 취한 뒤 유유히 빠져나갔다. 약탈자답게 그들의 행동은 재빨랐고, 동정심이 없었다. 어리둥절하게 당하고 난 뒤에야 그들이 다녀갔다는 것을 깨달을 뿐이었다. 대처하기란 불가능했다. 그야말로 속수무책이었다. 장은 그들이 다녀간 흔적을 온몸에 새기며 긴 불면의 밤을 보내야 했다.

장은 잠시간이라도 편안하게 눈을 붙이고 싶었다. 악조건 속에서도 계속되는 촬영에 눈두덩이 무거웠다. 조금이라도 잠을 자기 위해 온갖 방법들이 동원됐다. 그는 바나나 잎을 여러 겹 겹쳐 새로운 모기채를 만들어냈다. 바나나 잎은 생각보다 단단했다. 그 위에 점액질의 나무 수액을 덧발랐다. 커다란 모기채를 완성해 두 손에 들고 잤다. 간지러움이 느껴질 때마다 장의 손은 가차 없이 움직였다. 노이로제에 걸린 장의 손놀림은 재빨랐다. 그러나 그러한 방어들은 아무 소용도 없었다. 그들은 소리도 내지 않고 다가왔으며 한번 피부에 달라붙으면 잘 떨어지지도 않았다. 물리면 피부는 알레르기처럼 붉게 부풀러 올랐다. 다음날이 되면 잠결에 가려움을 참지 못하고 긁은 탓으로 온몸이 피투성이가 되어 있곤 했다.

"돌아가고 싶어."

장은 신도시로 이사한 자신의 집을 떠올렸다. 26층 고층 아
파트에 방음창문이 달린, 밤낮 구분 없이 일하는 자신을 위해
달아둔 암막커튼까지. 어느 누구, 그 어떤 것에도 방해받지 않
고 잘 수 있는 그야말로 감옥과도 같은 낙원이었다. 침대는 국
제공인시험기관으로 인정받은 회사 연구소의 제품이었다. 최
첨단 연구 설비와 의학전문가, 공학전문가들이 만들어 낸 최
적의 수면조건을 갖춘 침대였다.

당신이 미처 깨닫지 못했던 새로운 인생이 펼쳐집니다.

그 회사가 내건 문구였다.

얼마 뒤, 장의 일행은 밀림을 빠져나와 문명의 이기가 조금
씩 흘러들기 시작한 마을로 이동했다. 그곳에서 엉덩이뼈가
부서질 정도로 차를 탄 뒤 공항에 도착했다. 장은 무거운 짐을
모두 화물로 부치고 여권만 쥔 채 비행기에 탑승했다. 안내방
송이 들리고 기체가 움직였다. 활주로를 이리저리 움직이던
기체가 날기 시작하자 장은 두 번 다시는 아마존으로 오지 않
겠다고 결심했다. 그것이 외부의 압력이든, 상사의 명령이든
절대 따르지 않으리라. 기체가 안정 궤도에 진입하기 전에 심
하게 흔들렸다. 장은 눈을 감았다. 눈을 뜨면 자신의 눈앞에
침대가 놓여 있으리라. 장은 그렇게 고국으로 돌아왔다.

장은 곧장 자신의 침대로 뛰어들고 싶었지만 급한 편집을
마무리해야 했다. 편집실에 앉아 불필요한 부분을 잘라내고

이어 붙였다. 자신의 의도에 따라 별 것 아니었던 부분이 의미심장해지기도 했고, 슬퍼지기도 했다. 모니터 안에는 여전히 자신을 괴롭히던 뻬용이 덤벼들고 있었지만 더 이상 공포감은 들지 않았다. 자신은 이제 안전지대로 옮겨왔다. 관찰자인 자신에게 뻬용은 공포의 대상이 아니었다. 장은 부풀어 올랐던 피부가 가라앉고 남은 붉은 자국들을 만지작거렸다.

장은 수백 미터에 달하던 필름을 편집한 뒤 집으로 돌아왔다. 포상 겸 휴가를 받아둔 터였다. 쉬고 싶었다. 편안하고 길고 긴 잠에 빠져들고 싶었다. 장은 오랜 시간 공들여 씻은 뒤 자신이 그렇게도 고대했던 침대에 누웠다. 그런데 몇 분이 지나도 잠이 오질 않았다. 결국 장은 냉장고에서 소주를 꺼내 마시기 시작했다. 소주 한 병이 빈 바닥을 보이는데도 장은 그다지 졸음을 느끼지 못했다. 피곤에 피곤이 겹쳐 도리어 정신이 말짱해지는 느낌이었다. 장은 자리를 거실로 옮겼다. 소파에 앉자 거실 천장을 타고 내려오기 시작한 에피프렘넘이 보였다. 장의 아내가 아토피를 앓고 있는 딸아이를 위해 키우기 시작한 관엽 식물이었다. 베란다에는 산세베리아, 행운목, 실버 레이디, 아글라오네마가 줄줄이 놓여있었다. 에피프렘넘은 거실에 걸어놓은 유일한 덩굴식물이었다.

거실 벽면을 휘감아 놓은 에피프렘넘이 자꾸만 시야에 들어왔다. 이곳은 더 이상 아마존이 아니다. 불현듯 장은 러시아 소년 반야 유딘을 떠올렸다. 반야 유딘은 미혼모였던 어머니에 의해 새장에 갇혀 길러진 일명 '새 소년'이었다. 소년은

단 한 번도 새장 밖을 나온 적이 없었다. 발견 당시 반야 유딘은 자신을 구출하려던 경찰관의 손을 새처럼 쪼아댔으며 날갯짓을 하듯 양팔을 좌우로 흔들어댔다. 얼마 안 가 소년의 손에는 연필과 수저가 쥐어졌다. 장은 반야 유딘처럼 자신은 구출되었고 이곳은 안전지대라는 것을 상기했다.

불행히도 반야 유딘은 사회에 나온 지 얼마 되지 않아 사망했다. 자료 수집을 위해 보게 된 수많은 야생 아이들은 구조된 후, 인간사회에 10년을 채 견디지 못한 채 이유 없이 사망했다.

장은 소주 한 병을 더 비우고는 잠자리에 들었다. 매트리스는 장의 기대에 어긋나지 않았다. 온몸을 감싸는 쿠션감은 장에게 더없는 안락함을 선사했다. 그러나 잠이 오지 않아 장은 여러 번 자리를 뒤척여야 했다. 잠자리가 너무 편한 나머지 잠이 오지 않는 것일까? 아니면 아직도 바이오리듬을 회복하지 못했나? 장은 열려 있는 방문을 지그시 바라보았다. 자리에서 일어나 방문을 닫은 후 억지로 잠을 청했다.

사위는 조용했고, 정확한 시계초침 소리만 장의 귓속으로 파고들었다. 장은 아마존에 머물렀을 때의 갖가지 풀벌레 소리들을 기억해냈다. 자연의 소리라고 즐거워했던 첫 감상도 잠시 흉포한 공격의 서막을 알리는 전주곡으로 바뀌었던 시점을. 장은 자리에서 일어나 시계의 건전지를 빼냈다. 조용했다. 그러나 잠이 오지 않았다. 설핏 잠이 들었다 깨어났을 때에도 옆자리는 비어 있었다. 아내는 철야를 하는 모양이었다. 장은 물 한 컵을 마신 후 다시금 침대로 기어들어갔다. 잠이 좀 더 필요했다. 제대로 된 휴식을 취한 것 같지 않았다. 방해할 만한 요소는 아무 것도 없었다.

장은 겨우 수면 입구에 다다를 수 있었다. 누워 있는 자신의 주위를 검은 머리통들이 에워싸고 있었다. 얼굴은 보이지 않았다. 고개를 숙이고 있는 탓에 음영이 드리워져 있었다. 장은 본능적인 두려움에 자리에서 일어서려고 했다. 그러나 압박하듯이 사람들이 조이고 있어 꼼짝도 할 수 없었다. 사람들 손에 빨대가 쥐어 있었다. 그들은 의식을 치르듯이 빨대를 입으로 가져갔다. 수십 개의 빨대가 장에게로 쏟아져 내려왔다. 비명이 소리가 되어 나오기도 전에 목구멍에 걸렸다. 빨대는 가차 없이 장의 머리와 배, 다리를 뚫고 들어왔다.

장이 잠에서 깨어났을 때는 오후 한낮이었다. 얼마 자지 못한 듯 몸이 무거웠다. 냉장고에는 짧은 메모가 붙어 있었다. 일주간 철야라는 아내의 전언이었다. 옷가지를 챙겨나간 모양이었다. 장은 외가에 전화를 걸어 딸아이를 데리러 간다고 말했다. 장모는 이미 아내에게 부탁받았는지 일주일간 데리고 있을 테니 푹 쉬라고 일렀다. 장은 알겠다고 대답한 후 전화를 끊었다.

장은 잠을 자기 위해 노력했다. 매번 선잠에서 깨어나 피로한 몸을 방안 이곳저곳으로 끌고 다녔다. 오랫동안 침대에 누워 있어도 몸은 더 무거워지기만 했다. 아침 일찍 조깅을 다녀오기도 했다. 땀을 흘리면 나을 성 싶었기 때문이다.

장은 일주일간 같은 패턴을 유지했다. 아침 일찍 일어나 조깅을 한 후, 샤워를 하고 밥을 먹었다. 잠시 신문을 들춰본 후 그동안 미뤄두었던 책을 읽었다. 그런 후 가벼운 점심을 먹고, 근처 공원을 산책한 뒤 저녁을 먹었다. 그런 어느 날 오후, 장은 드디어 꿈 같은 낮잠에 빠져들 수 있었다.

불현듯 장은 온몸이 간지럽다는 사실을 깨달았다. 장은 버릇처럼 마구잡이로 손을 휘둘렀지만 가려움은 얼굴 가까이까지 다가왔다. 또 모기구나. 잠결에도 장은 짜증이 치밀어 올랐다. 장은 무의식적으로 탁자 주변에 있던 물건을 잡아 휘둘렀다. 가려움이 사라졌다. 장은 오랜만에 편안한 얼굴로 단잠에 빠져들었다.

장은 아내의 찢어지는 비명 소리에 화들짝 놀라 일어났다. 장은 잠이 덜 깬 머리를 뒤흔들며 눈을 떴다. 아내가 별 것 아닌 일로 소란을 피웠다면 크게 화를 낼 작정이었다. 그러나 자신의 눈앞에 벌어진 광경에 화는커녕 말도 나오지 않았다.

침대 아래에는 이제 막 이십 개월을 넘긴 딸아이가 머리에 피를 흘린 채 죽어 있었고, 장의 손에는 핏자국이 맺혀 있는 재떨이가 들려 있었다.

"착각했소. 모기로 착각했소."

재판이 진행되는 동안 장이 한 말은 그것이 전부였다. ✵

김정묘

1989년 「문학과 비평」에 「화개잎차를 마시며」 외 7편
을 발표하며 시인, 2001년 「한국소설」에 단편 「이구
아나의 겨울」 신인상으로 소설가 등단. 시집 「그리움
은 약도 없다」 「태극무극」 「하늘 연꽃」, 동화집 「엄마
야 누나야 강변살자」, 산문집 「부처님 공부」, 미니픽션
동인지 「내 이야기 어떻게 쓸까?」 「그길, 나를 곁눈질
하다」 「술집」 외 다수.
e-mail:kkmyo@hanmail.net

나의 살던 고향은

언제쯤 내가 알고 가는 정거장 이름이 나올까. 또다시 전동
차 문이 열렸다. 문 앞에서 기다리던 사람들이 후두둑 소나기
처럼 밀려들어왔다. 빈자리가 매워지고, 그들은 앉자마자 스
마트폰을 꺼내들었다. 마치 빠진 나사 하나를 가볍게 껴 넣은
듯 불과 몇 초 사이에 소란은 정리되었다. 다음 역까지 3,4분
거리를 가는 동안 전 정거장에서와 똑같은 평화가 동전같이
빛났다. 나는 낯선 곳에서 시간을 때워야 할 때처럼 무릎 위에
책을 펴놓고 건성으로 눈길만 주고 있었다. 또다시 낯선 정거
장 이름이 들리고 곧이어 전동차 밖이 환해졌다. 나는 내가 알
고 있는 정거장이 아닌 걸 알면서도 마치 내려야 할 곳을 놓친
것처럼 조마조마하게 정거장을 빠져나가는 문밖을 바라보았
다. 낯선 정거장에 설 때마다, 아니 낯선 정거장 이름이 들릴
때마다 나는 내 이름이 호명되기를 기다리다 결국 문이 닫히
고 마는 광경을 목격하게 되는 절망감에 사로잡히곤 했다.

"그 사람 갔어, 선배."

나는 그 말이, 정말 생생하게 그 사람 꿈을 꿨어. 그 사람을
까맣게 잊고 있었는데 그 사람이 왔어, 하는 말로 들렸다. 마

지막까지 남편의 산소호흡기를 떼지 못하게 울부짖던 후배는 마치 잠에서 깨어나 꿈꾼 이야기를 하는 것처럼 별일 아니라는 듯 남편의 부음을 알려왔다. 후배가 알려준 장례식장은 전동차로 갈 수는 있지만 동쪽 끝에서 서쪽 끝으로 가는 먼 거리였다.

전동차 문이 닫히고, 빛이 모였다가 허물어지는 동안 내가 손 쓸 일은 아무것도 없었다. 전동차가 더 이상 가지 않는 마지막까지, 내가 알고 가는 정거장 이름이 안 나오는 건 아닐까. 혹시 다른 전동차를 타서 그 정거장 이름이 안 나오는 건 아닐까. 정거장 이름은 같은데 다른 곳으로 가는 전동차를 탄 건 아닐까. 정거장에 전동차가 멈출 때마다 내가 알고 가는 정거장 이름이 아니라는 이유만으로 나는 수인처럼 꼼짝없이 끌려가는 기분이었다. 후배 남편이 떠날 때도 그녀가 손 쓸 일은 아무것도 없었을 것이다. 그녀는 남편의 손을 놓아버린 빈손을 어쩔 줄 몰라 나에게 전화를 했을까. 후배 남편이 산소호흡기를 달고 병실에 누워 있는 동안 그에게는 무슨 일이 일어났을까. 아무 일도 일어나지 않았다고 할 수 있을까. 아니 무수히 많은 일이 일어났다고 할 수 있을까. 침묵 속에 묻혀버린 자질구레한 일상이 모래더미로 쌓이면서 후배의 남편은 무한과 영원을 알게 되었을까. 이 모든 의문이 한가한 잡담으로 여겨지게 되었을까. 대체 지금 어디쯤 가고 있는 걸까. 저 세상의 후배 남편도 생전에 보지 못한 낯선 차를 타고 내려야 할 곳을 초조하게 기다리고 있을까.

　전동차는 정거장마다 매번 섰고, 문을 열었다가 닫았고, 사람들이 타고, 사람들이 내리는 반복이 이어졌다. 그동안 낯선 정거장 이름이 하나 둘 불려나가 사라졌다. 마치 한 군데서 뱅글뱅글 맴도는 것도 같았다. 이 세상에 모르는 일처럼 불안한 건 없다. 어딘지 통 모르는 상태로 알 수 없는 정거장을 지나치고, 내가 쥐고 있는 정거장 이름 외엔 바람이 구름을 쓸듯 나와 아무 상관없이 흘러가고 있었다. 허구헌 날 무대의 막이 오르길 끝없이 기다리는 배우처럼, 눈을 뜨고 아내의 이름을 불러줄 남편을 끝없이 기다리던 후배처럼. 시간이 점차 흐르면서 낯선 정거장 이름도, 내가 쥐고 있는 정거장 이름도 흐릿해져갔다. 언제 문이 열리고 닫히는지도 모른 채 왼편 옆자리에 앉았던 아줌마가 내리고 곧바로 젊은 남자가 그 자리에 앉았다. 남자가 앉자마자 그의 손에 들려 있던 스마트폰에서 찰칵하는 카메라 셔터소리가 들렸다. 나는 보고 있던 책을 그대로 펼쳐둔 채 남자의 스마트폰으로 눈길을 가져갔다. 바로 앞자리에 앉은 세 사람이 화면에 찍혀 있었다. 가운데 흰바지를 입고 앉은 남자를 겨냥한 듯 남자는 흰바지 남자의 양쪽에 앉은 여자를 잘라내려고 화면을 이리저리 움직이고 있었다. 흰바지 남자 양옆의 여자 둘은 자신도 모르는 사이에 누군가의 화면에 찍혔다가 잘려나간 사실을 안다면 무슨 일이 일어날까. 그런 일이 그 두 여자에게 무슨 영향이 있을까. 나 역시 그 불쾌한 상황을 찍기 전으로 화면을 잘라내듯 책으로 눈을 돌렸다. 무표정하게 앉아 있는 사람들처럼 의미 없는 글자들이 어디론가 실려가고 있었다. 나도 모르게 오른편에 앉은 여자가 보고 있는 노트북으로 눈길을 던졌다. 회사원으로 보이는 30대 초반의 여자는 노트북을 펼치고 소설을 읽고 있었다. 나는 조금 전처럼 눈만 돌려 그녀가 보고 있는 화면을 읽어 내려갔다.

'나는 죽음이다?'

"좋아요……. 나는 비슈누, 세계의 파괴자다,라는 말보다 더 무시무시하네요."

젊은 여인은 로버트 오펜하이머가 최초의 원자폭탄 실험 당시에 한 말을 인용하고 있었다. 기다란 부리가 달린 가면은 흑사병 감염자를 치료하는 중세의 의사들이 병원균과 자신의 코 사이에 최대한의 거리를 확보하기 위해 쓰던 가면이었다.

여자가 손가락 끝으로 터치를 하여 다음 장으로 넘기며 나를 힐끔 바라보았다. 나는 내내 책에서 눈을 떼지 않았다는 듯 천천히 책장을 넘겼다. 연결도 되지 않는 전혀 다른 장면을 나는 몰입하고 있었다는 듯 단숨에 읽어 내려갔다. 책 속 주인공이 그녀의 첫사랑이 죽은 바닷가를 찾아가는 장면이었다. 상처받은 사람들을 위로해주는 가벼운 힐링 책쯤으로 알고 있었는데 죽은 사람을 찾아가는 장면이 좀 엉뚱하다는 생각이 들었다. 그 엉뚱함은 나에게도 전염되었다. 전동차에 앉은 사람들 모두 누군가 마지막 가는 길을 배웅하러 가는 사람들 같이 느껴졌다. 그것은 점점 나에게 무언가로 압박해왔다. 그 압박감에서 벗어나고 싶은 생각 때문인지 나는 그들에게 내가 읽고 있는 책 속의 글을 읽어주고 싶었다.

슬픔도 교환할 수 있을까. 죽음은 자연에 숨어 있다가 솟아오르면서 스스로를 들어내는 꽃을 닮았다. 구리가 나팔이 되듯이.

그 순간이었다. 나팔소리처럼 마침내 내가 알고 있는 정거장 이름이 들려왔다. 나는 책을 가방에 넣고 벌떡 일어나 출입문 앞에 섰다. 문이 열리고 나는 내렸다.

"5번 출구로 나와서 쭉 걸어 내려와요. 300m 쯤 오면 장례식장이 보여요."

후배가 알려준 출구 번호를 따라 지하 밖으로 나왔다. 밖은 이미 어두워져 있었다. 출구는 사방으로 나 있었는데, 내가 나온 쪽은 건물 하나 없는 산등성을 끼고 가는 길이었다. 사거리는 차들이 그리 많이 다니지 않았고, 높은 건물도 보이지 않았지만 간간히 보이는 가로등 불빛이 흐릿하게 흐르고 있었다. 5번 출구는 사거리에서 가장 어두웠다. 나는 300m 거리가 몇 걸음쯤 될까, 생각하며 천천히 걸음을 옮겼다. 조문 가는 길이니 예식장처럼 시간이 정해진 것도 아니어서 시간에 쫓기지 않는 게 다행이라면 다행이었다. 시간을 쓸 수 없는 죽음이 산 사람들에게 마지막 배려라도 해주는 것일까.

낯선 정거장 이름처럼 다시 300m라고 하는 가늠할 수 없는 거리 앞에서 나는 또다시 어디로 갈지 몰라 불안했다. 불안은 왜 익숙해지지 않는 걸까. 얼마쯤 가야 5번 출구에서 300m 앞에 있다는 장례식장을 보게 될까. 내가 상상할 수 있는 거리는 얼마나 될까. 내가 상상할 수 있는 풍경은 어디까지 일까. 설사 살아있는 내가 저 세상의 풍경을 상상한다고 해도 그것이 무슨 의미가 있을까.

근처에 절이 있는지 초파일 연등이 가로수를 따라 걸려 있었다. 아직 불도 켜지 않은 채 어둠 속에서 불안하게 흔들리고 있었다. 집도 절도 나오지 않는 길을 버스정류장으로 한 정거장 걸어오니 멀리 산모퉁이처럼 보이는 곳에 불빛이 보였다. 직감적으로 출구를 잘못 나온 게 틀림없다는 생각이 들었다. 나는 전화를 걸까 하다가, 장례식장에 핸드폰이 울리면 어쩌나 해서 그만 두었다. 일단 불빛이 나오는 곳까지 걸어가기로 했다. 길 건너편도 사정은 마찬가지여서 인가가 없는 낮은 산등성이가 커다란 짐승처럼 웅크려 앉아 있었다.

연등은 산모퉁이에서 꺾어져 산길로 이어졌다. 불빛은 주유소에서 나온 것이었다. 산길로 올라가면 절이 있겠지만 길에서는 보이지 않았다. 주유소는 한가했다. 빨간 유리문이 달린 주유소는 사진에서 본 이국적인 풍경 같았다. 주유기를 사이에 두고 네모난 유리방에 남자 둘이 마주보고 앉아 있었다. 나는 장례식장을 물어보려고 했지만 망설여졌다. 캄캄한 밤중에 갑자기 여자가 나타나 장례식장을 못 찾아 길을 묻는다면 그들이 마치 귀신을 만난 것처럼 당혹해할까 봐 겁이 났다.

　주유소 남자는 내 염려와 달리 유리방 문을 열어 고개를 내밀며 장례식장 가는 길을 친절하게 알려주었다. 내가 300m로 알고 걸어왔던 길로 되돌아가서 5번 출구 반대편으로 길을 건너라고 했다. 건널목을 건너서 누군가에게 한 번 더 물어봐야 찾을 수 있는 골목길이라는 말까지 덧붙였다. 나는 주유소 남자가 일러준 대로 건널목이라는 이름을 쥐고 오던 길을 향해 뒤돌아섰다. '300m' 보다 '건널목' 이란 말에 왠지 불안한 마음이 누그러졌다. 건널목이 보이는 곳에 거의 다다랐을 때 주머니 속에 넣어두었던 휴대폰이 부르르 떨며 깨어났다.

　"벚꽃 때메 미치겠어."

　후배의 전화일 거라 생각했는데 화개장터에서 국밥집을 하는 동생 전화였다. 동생은 내가 누구인지 확인도 없이 다짜고짜 소리부터 질렀다. 나는 언뜻 '그놈 때문에 미치겠어'라고 들린 것 같아 동생의 남편이 또 잠수를 탔나 싶어 가슴이 덜컹 내려앉았다.

　"벚꽃이 어쨌다고?'

　'그놈' 대신 벚꽃이라고 했지만, 내 목소리는 이미 '그놈이 또 날랐니?' 하는 짜증이 묻어 있었다.

　"날이 갑자기 더워져서 말이지. 벚꽃 축제는 아직 일주일이나 남았는데, 꽃이 벌써 다 져버렸어. 은어튀김 팔려고 잔뜩 받아놨는데, 날씨가 왜 이런데? 정말 미치고 펄쩍 뛰겠어."

　동생이 미쳐 펄쩍 뛰든 말든 지리산 계곡 벚꽃길이 구름 속을 걷는 것 같은 느낌을 받았던 그때처럼 꽃잎들이 눈앞에서 하늘하늘 날아가고 있었다. 갑자기 배가 고팠다. 나는 건널목 신호등이 바뀌길 기다리며 동생이 푸념하는 소리에 대고 **빠**르게 읊조렸다.

이 세상에서 투명하고 섬세한 것은 배고픈 느낌이다. 배고프다는 사실을 알고 나면 어느새 눈물이 눈 속에 잔잔히 고인다. 구부렸던 등을 꼿꼿이 펴고 축축한 물기가 반짝이는 세상을 바라본다. 지금이라는 시간이 흘러가는 것을 보는 투명함은 몸에서 요구하는 허기진 욕망조차 황홀한 위로가 된다.

"언니? 무슨 소리야?"

김진초

1997년 『한국소설』 신인상으로 등단. 소설집 『프로스트의 목걸이』 『노천국 씨가 순환선을 타는 까닭』 『옆방이 조용하다』 『당신의 무늬』, 장편소설 『시선』 『교외선』 등이 있음. e-mail:yoondangk@hanmail.net

쓰레기 디자이너

"썩을 놈! 허구한 날 자빠져서 뭐하나 몰러. 아이구 삭신이
야!"

할머니는 과잉노동으로 아프고 나는 운동부족으로 아프다.
문 닫는 소리에 허기가 번쩍, 주방으로 향한다. 랩에 씌운 계
란말이와 멸치볶음이 보인다. 국을 데울까 하다 물을 끓이고
컵라면을 뜯는다. 김치 꺼내는 것도 귀찮아 선 채로 면발을 흡
인한 뒤 텀블러에 냉수를 가득 채우고 내 자리로 돌아온다.

나는 자타가 공인하는 쓰레기, 버려도 되는 사람이다. 당연
히 버림받았다, 여친은 물론 친구들에게조차. 나는 점점 부피
가 줄어들고 있다.

어디 인간쓰레기 하치장이 있다면 손 번쩍 들고 가고 싶다.
부양하는 거 좋아하는 인류이니 노인, 장애인, 멸종위기 동식
물, 유기견 따위에 우리 같은 인간쓰레기도 끼워주면 좋겠다.
외딴섬에 우르르 부려놓고 사육하면 서로 눈 흘길 일도 없고
좋지 않은가.

인간쓰레기섬이 생긴다면 여섯 번째 섬이 되는 셈이다. 아
까 열어두었던 검색창을 다시 띄운다.

지구에는 쓰레기섬이 다섯 개나 떠다니고 있다. 한반도 면적의 일곱 배 크기로 비닐과 플라스틱이 해류와 강풍에 회오리처럼 일어서면서 뒤엉킨 섬이다. 비닐봉지를 해파리로 착각한 거북이, 자외선에 부서진 플라스틱을 먹이로 아는 새, 참치나 고래의 먹이인 비늘치들이 망설임 없이 쓰레기를 삼킨다. 먹이사슬의 최하위 계층인 플랑크톤에서조차 플라스틱 성분이 발견된다니 바다 먹거리가 빈자의 전유물이 될 날도 머지않았다. 육지 오염 이상으로 바다가 썩고 있다. 사람 구실 못하고 사는 나 역시 마찬가지다. 할머니가 아무리 썩을 놈 썩을 놈 해도 대꾸 한 마디 못하고 숨는 이유다. 쓰레기니까 썩어 없어져야 하는데 플라스틱처럼 썩지도 못하고 생태계를 파괴한다. 어쩌면 썩을 놈은 덕담일지도 모르겠다. 우리가 죽어 썩지 못한다면 초만원 지구에 인간보다 시체가 넘쳐날 테니까.

플라스틱 아일랜드를 처음 발견한 선장은 놀랍게도 바다를 수프와 변기에 비유했다. 플라스틱을 갈아 만든 거대한 수프이며 동시에 오물이 빙빙 돌기만 할 뿐 내려가지 않는 변기라고 말이다. 무서운 얘기에 목이 마른데 물보다 담배 생각이 간절하다. 잠시 전 마지막 한 가치를 태워 빈 갑은 이미 구겨졌다. 재떨이를 뒤져 눌러 꺼버린 꽁초를 조심조심 펴고 필터의 재를 턴다. 쓰레기가 쓰레기를 맛있게 빤다. 꽁초라 쓰지만 짧아서 달다.

재활용섬 프로젝트가 눈에 띈다. 네덜란드의 한 건축회사에서 플라스틱 부력을 활용해 인공섬을 조성한 뒤 난민들에게 제공하자는 거다. 앞으로 해결해야 할 과제가 많지만 괜찮은 제안 같다. 거기 들어갈 난민이 우리 같은 히키코모리면 어떨까? 썩을 놈! 배운 대가리에서 짜낸 생각하고는! 할머니 목소리가 귀에 쟁쟁하지만 어쩔 수 없다. 폐지 줍는 할머니 치마꼬리 붙들고 잇는 구차한 목숨 나도 지겹다.

가상공간은 내 숨통이다. 이마저 없었으면 진작 무슨 수를 냈을 것이다. 내가 방문을 닫아건 이유이기도 하다.

지난 3월 실종된 말레이시아 여객기 수색작업을 하느라 인도양을 샅샅이 뒤졌는데 온갖 쓰레기만 걸려들었다는 기사가 보인다. 그 여객기는 "이상 없다. 좋은 밤 되라.'는 무전을 끝으로 2분 후 레이더에서 사라졌다. 중요한 건 마지막 무전을 치기 전, 이미 여객기가 정상항로를 이탈하고 있었다는 점, 불가항력 앞에서 기장이 모든 걸 포기하고 마지막 인사를 건넸다면 탑승객과도 작별인사를 나누었지 싶자 울컥 목이 메었다.

혹시 블랙홀에 빨려들어간 건 아닐까? 그게 아니라면 아무런 단서도 남기지 않고 감쪽같이 사라진 여객기를 어떻게 설명할 것인가. 골이 지끈거려 검색창을 닫는데 갑자기 뒤에 맞은 듯 머리가 핑 돈다. 여기! 바로 여기도 쓰레기가 있다!

사이버공간에서 버려지는 수많은 쓰레기들, 휴지통을 비울 때마다 날아간 쓰레기들이 허공에서 휘감겨 컴퓨터 네트워크에 교란을 일으킨다면? 사이버는 통제, 조타수를 의미하는 그리스어가 어근이다. 쓰레기들의 교란으로 통제력을 잃고 쓰레기에 휩쓸려 사이버공간으로 사라진다면 누구도 찾을 수 없지 않겠는가. 나의 안식처, 나의 놀이터에서 사고가 난다면 아니 될 일, 그것만은 막는 게 즐긴 자의 자존심이다. 내 공간의 쓰레기는 내가 치우는 게 마땅하다 생각하자, 막혔던 물꼬가 시원하게 트이는 것 같다. 연체동물에게 척추를 이식하면 이런 기분일까? 뻐근한 통증과 함께 허리가 쭈욱 펴지면서 눈높이가 달라진다.

그동안 나는 방콕폐인 쓰레기로 권력을 행사했다. 다른 사람은 몰라도 할머니에게는 먹히는 권력이었다. 부끄러움을 열고 할머니를 기다린다. 바깥에 나가 손수레를 끌어주고 싶지만 아직 거기까지는 자신 없다.

"어이구 이제 쓰레기가 다 썩었나? 누런 떡잎이 다 나오고."

할머니가 시커멓게 구멍 뚫린 입을 크게 벌리고 다가와 어깨를 토닥인다. 꼭 삼 년 만이다. 이런 저런 핑계 다 빼고 나는 살기 위해 진 빼느라 제대로 살 수 없는 세상이 싫었다. 결국 누구나 죽음에 도착하기 위해 사는 인생인데 아등바등하는 게 우스웠다. 하필이면 쓰레기가 내게 권력에의 의지를 불붙여줄 줄은 차마 몰랐다. 이제 뭔가 하고 싶은 게 생겼느냐는 할머니 물음에 잠시 망설이다가 사실대로 고했다.

"쓰레기 디자이너가 되려구요."

잠시 멍하던 할머니가 이내 평정심을 찾고 씩씩하게 주방으로 향했다.

"썩을 놈! 쓰레기 디자이너고 뭐시껑이고 할 일이 생겼다니 고마 됐다. 밥이나 먹자. 배고프다."

이젠 방문을 닫지 않을 셈이다. 할머니 코고는 소리가 들린다. 현실공간의 소리다. 할머니 코고는 소리가 멈추면 벌떡 일어나 달려가 확인한다. 할머니도 나도 아직 살아 있어 다행이다. 그나저나 내가 선택한 쓰레기에 비가 들어 있을까? 아까 할머니가 그랬다. 어느 구름에 비가 들어 있을지 모른다고. 그 말이 얼마나 힘이 되는지 할머니는 모를 것이다. 잠은 오지 않지만 참 좋은 밤이다. ✨

김희선

2011년 『작가세계』로 등단.
e-mail:biflowers@hanmail.net

굿뉴스

드디어, 스위스의 과학자들이 인간성격개조기계를 완성했다고 합니다. 정말로 놀랍고도 반가운 소식이죠!

인간성격개조기계는 말 그대로, 인간의 성격을 개조시키는 기계입니다. 이 기계는 사실, 일단의 물리학자들이 137억 년 전 빅뱅 당시의 상태를 재현하기 위해 입자가속기를 이용하여 고밀도 입자복합체인 쿼크-글루온 플라스마를 만드는 실험을 행하던 중, 우연히 발명됐습니다. 그러니까, 어떤 치명적 결함이 새로운 제품의 탄생으로 이어진 사례라고나 할까요? 하긴, 많은 중요한 발명품들이 그런 식으로 만들어지곤 합니다.

협심증 치료제로 개발되었던 구연산 실데나필(sildenafil citrate)은, 그 효과가 기대치에 미치지 못하여 폐기될 뻔했지만 결국엔 다른 부분(어쩌면 인간에게 있어선 심장보다 더 중요한 부분이라고 볼 수도 있겠지만요!)의 혈관을 확장시키는 효능으로 말미암아 비아그라(Viagra)로 다시 태어났지요. 3M사(社)는 접착력이 너무 떨어지던 메모지를, 아예 뗐다 붙였다 하기 편한 포스트잇으로 재탄생시켰고요.

인간성격개조기계 역시 마찬가지입니다. 쿼크-글루온 플라스마를 만들기 위한 첫 번째 입자가속기는, 빅뱅 초기 상태를 재현하기엔 여러모로 부족하다는 것이 드러났고, 결국 폐기처분될 상태에 놓였습니다. 게다가 그 입자가속기는 설계 초기부터 영국의 천체물리학자인 마틴 리스 경의 엄중한 경고를 받기도 했지요. 그는, 그러한 방식의 쿼크-글루온 플라스마의 생성이 우주 구조 자체를 변형시킬 수 있으니 조심해야 한다고 말했습니다. 그 기계를 작동시키면 곧바로 미니 블랙홀이 생성될 것이며, 그게 점점 커져 결국엔 우리 우주를 완전히 집어삼키게 될 거라고도 했고요. 하지만, 당시 모험심 강한 물리학자들은, 지구와 우주쯤이야 그 기계로 빨려 들어가든 말든, 개발에 박차를 가하였습니다. 물론 다행히 마틴 리스가 경고한 일은 일어나지 않았고(지금 우리들이 이렇게 여전히 살아서 먹고 잠자고 책 읽고 TV 본다는 것이 그 증거입니다. 그러나 일군의 신비주의 물리학자들—그 비과학성으로 인하여 언제나 무시당하고 있긴 하지만요—은, 우리가 미처 눈치채지 못한 사이에 이미 우주 구조의 변형이 일어났다고 주장합니다. 그 기계가 최초로 가동된 순간 만들어진 블랙홀에, 우리들과 우리들의 우주가 통째로 흡수되어 다른 차원으로 옮겨지고 말았다는 것이지요. 그들에 의하면, 사람들은 마치 집단적인 기억상실증에 걸린 듯 블랙홀로 빨려들기 이전의 삶을 완전히 잊어버린 채 살아가고 있을 뿐이라는 겁니다. 어쨌거나), 그 기계는 자체의 과학적 결함으로 인하여 더 이상 실험 목적에 맞지 않는 걸로 판명되고 말았던 것입니다.

하지만, 버려질 뻔했던 이 기계의 새로운 성능을 발견한 한 스위스인 물리학자가 있었습니다. 이 역시 세상의 모든 중요한 것들의 발명이 그렇듯 우연히 이루어진 일인데요, 마르타 부흐너라는 이름을 가진 이 물리학자는 기계 결함의 원인을 알아내기 위하여 입자가속기의 미니어처를 제작하여 가동하던 중(미니어처는 모든 면에서 원래의 기계와 작동원리가 같았습니다. 다만 실험의 규모가 매우 작아졌다는 차이만 있을 뿐이었죠), 어느 날부턴가 자기 자신이 점점 더 긍정적인 성격으로 변해가고 있다는 사실을 깨닫게 되었다는 겁니다. 원래 마르타 부흐너는, 비록 가까운 사람들 앞에선 쾌활하지만, 그렇지 않은 대부분의 경우에는 속내를 잘 드러내지 않고 수줍음을 많이 타서 낯선 사람이나 처음 보는 사람에겐 본의 아니게 어둡고 차가운 인상을 주기 일쑤였습니다. 게다가 평소엔 쓸데없는 생각이 너무 많아, 지구온난화로 인한 극지방 얼음의 감소나 화석연료의 과다 사용으로 인한 대기오염, 아프리카 어린이들의 기아와 질병, 점점 더 양극화되는 세계경제 및 젊은이들의 높은 실업률, 하다못해 동네 건널목의 신호등 고장으로 인한 사고 가능성의 증가에 이르기까지, 그야말로 갖가지 걱정에 시달렸기에 툭하면 밤잠을 설쳐야만 했다고 하지요. 그런데 이 기계를 작동하는 일이 많아질수록 마르타 박사는 점점 활달해졌고 낯선 이들과도 스스럼없이 잘 어울렸으며 넉살까지 좋아진데다 무슨 일에든 자신감이 용솟음쳤다는 것입니다. 무엇보다도 평생을 괴롭혀온 비관주의가 완전히 사라짐으로써, 세상이 온통 밝게만 보이는 낯설고도 놀라운 경험까지 하게 되었다는 겁니다.

마르타 박사의 변모를 알게 된 그녀의 심리상담가이자 정신과전문의인 볼프강 융거는, 그 변화의 비밀이 바로 입자가속기 미니어처에 있다는 걸 직관적으로 눈치챘고, 급기야는 물리학과 정신의학의 협업 연구를 제안했다고 하는데요, 그 결과 마틴 리스가 경고했던 일(기계를 작동하면 우주의 구조가 바뀔 거라는)이 인간에게 적용될 경우, 그 사람의 정신과 마음의 구조가 완전히 달라지고 만다는 사실을 알아냈던 것입니다. 그리고 그것이 바로, 마르타 부흐너 박사의 성격이 완전히 바뀌어버린 이유였던 거고요.

기계의 작동 원리를 간단히 설명하자면 다음과 같은데요, 그러니까, 그 미니어처 입자가속기를 가동시키면 거기서 거품과도 같은 일종의 정신적 진공이 생성되고, 그것이 피실험자의 두뇌를 감쌉니다. 그러면 두뇌 안의 어둡고 부정적인 경향은 그 진공으로 빨려 들어가고—왜냐하면 그때 생성된 진공은 양(+)의 에너지를 가지고 있기에, 음(-)의 에너지를 가진 성격의 어두운 면을 모두 끌어당기는 것입니다—결국, 피실험자에게 남는 건 양(+)의 에너지를 가진 긍정적인 마인드, 즉,

밝은 마음, 쾌활한 성격, 무조건적인 희망 등이었던 것입니다.

여하튼, 현재 이 인간성격개조기계는 이미 세계 각국에 특허등록을 마쳤으며 빠른 시일 내에 대량생산도 가능해질 거라고 하는데요, 벌써 내년도 노벨평화상은 마르타 부흐너와 볼프강 융거의 공동연구팀이 수상하게 될 거라는 예측이 나돌고 있을 정도입니다. 왜냐하면, 곧 다가올 미래엔 인류의 성격이 개조되어, 말도 안 되는 걱정에 시달리거나 세상에 이유 없이 불만을 품은 사람들이 모두 사라질 것이고, 그에 따라 언제나 웃음이 넘치는 밝고 맑은 '긍정의' 지구를 이루어낼 게 확실하기 때문이라는 거죠.

그러나 인간성격개조기계의 발명이 모두에게 굿뉴스인 것만은 아닙니다. 슬프게도, 이 기계의 발명 소식과 함께 일라이 릴리나 GSK 등 거대 다국적 제약사들의 주가는 곤두박질쳤습니다. 앞으론 일명 '해피드럭(happy drug)' 이라고 불리던 프로작(Prozac)이나 팍실(Paxil) 등 유명 항우울제들의 매출이 엄청나게 떨어질 테니까요. 아, 그리고 또 있습니다. 그간 주로 세계와 자아에 대한 밑도 끝도 없는 긍정을 유발시키는 자기계발서적류를 찍어내며 짭짤한 수익을 올려온 몇몇 유명출판사들과 그 저자들 역시, 불안에 떨고 있다고 하는군요. 왜냐하면 이제 인간은, 그런 책들의 도움 없이도, 그리고 세상이 전혀 변하지 않거나 오히려 퇴보한다 해도, 언제나 즐겁고 쾌활한

하루하루를 보낼 수 있게 되었으니까요. 그렇습니다. 그건 그
저, 휴대하기 편하도록 조그맣게 만들어진 인간성격개조기계
한 대만 있으면 충분히 가능해지는 거니까요!

　어쨌든, 인터뷰 시, 마르타 부흐너 박사는, 성격이 개조된
후 별다른 부작용은 없으나 왠지 이제는 일기쓰기가 싫어졌
다는 게 굳이 달라졌다면 달라진 점이라고 말했습니다. 하지
만 일기쯤이야 안 써도 그만이고, 이제 와 생각해보면 한밤중
에 우울하게 자기를 돌아보는 글을 쓴다는 것 자체가 오히려
정신건강에 좋지 않은 일이었단 걸 깨달았다며 어깨를 으쓱
했다고 하는군요. ✸

나푸름

2013년 8월 고려대학교 미디어문예창작학과 졸업.
2014년 『경향신문』 신춘문예 소설 「로드킬」 당선. 현
재 EBS 근무. e-mail:bluenote198@gmail.com

목격자

  그런 말도 안 되는 질문이 어디 있습니까? 왜 화장실을 갔
냐고요? 당연히 소변보러 갔지요. 아까도 말했다시피 제 의도
는 순수했습니다. 절대, 어떤 불순한 의도도 없었어요. 그거
하나는 장담할 수 있습니다. 뭐라고요? 아니, 사람이 왜 그렇
게 고지식해요? 아, 죄송합니다. 보시다시피 제가 지금 제정
신이 아니에요. 그런 사건을 겪고 제정신일 사람이 어디 있겠
어요. 그러니까 말이죠. 사실 일어난 일은 어쩔 수 없잖아요.
중요한 건 그 다음이 아닐까요? 은행 강도가 등장하는 영화를
보세요. 왜 아무도 은행원들을 걱정하지 않는 거죠?

  처음부터 다시 말하라고요? 이러다 날 새겠군…… . 아니요,
아닙니다. 하라면 해야죠. 하하, 제가 무슨 힘이 있습니까? 그
러니까 화장실에 간 의도부터요. 그건 방금 얘기했잖아요, 소
변보러 갔다고. 왜 하필 거기를? 이보세요. 집에 가는 길이었
습니다. 아니, 사실 집에 가는 길이 아니라 회사에 가는 길이
었죠. 외부 미팅이 끝나고 바로 집에 가려는데 생각해보니 회
사에 뭘 두고 왔더군요. 근데 그게 또 집에 거의 다 도착했을
때 생각난 거 있죠? 물론 저야 집에 들어가고 싶었어요. 그런

데 뭔가 중요한 걸 회사에 놓고 온 것 같다는 생각이 머릿속을 떠나지 않는 거예요. 사실 별거 아닌데 말이죠. 제길, 그렇게 고민만 안 했으면 그런 일에 얽히는 일도 없었을 텐데……. 그것도 팔자겠죠? 제 팔자는 왜 이렇게 기구할까요, 선생님! 정말 되는 일이 없습니다. 그렇게 부르지 말라고요? 그럼 뭐라고 부를까요?

낮부터 참고 있었거든요. 오줌보가 터지기 직전이었죠. 사실 제가 좀 그렇습니다. 집 밖에서는 웬만하면 안 싸는 사람이에요. 미팅이 잡힌 회사 화장실이 너무 더러웠어요. 그런 데서 어떻게 일을 보는지……. 정말이지, 너무 더러워서 구역질이 나더군요. 그렇게 더러운 화장실은 어릴 때 이후로 처음이었습니다. 관리를 전혀 안 하는 것 같더라고요. 회의실에는 먼지 하나 없더니, 화장실에서는 오물이 가득 차, 거의 넘치기 일보 직전인 푸세식 화장실 냄새가 나는 거예요! 덕분에 소변기 근처에는 가지도 못했습니다. 웬만하면 참았을 텐데 코를 찌르는 오물 냄새 때문에 견딜 수가 없었어요. 안에 있는 변기는 보지 못했지만 분명 오줌과 똥으로 가득 차 있었을 겁니다.

가던 길을 멈추고 다시 회사로 가려니 죽을 맛이었습니다. 어제도, 그제도 야근. 오늘은 일찍 집에 들어가기로 마누라랑 약속했었거든요. 저기 아주 가까이에 마이 스윗-트 홈이 보이는 것도 같았죠. 사실 보일 리 없는 거리였지만요. 집에 들렀다 나오면 아내가 분명 어디 여자라도 숨겨났냐, 집에 그렇게 들어오기가 싫으냐고 볶아댈 것이 뻔해, 터질 것 같은 방광을

애써 무시하고 다시 회사로 가는 길이었습니다. 그래요. 그러다가 정말 오줌이 찔끔찔끔 속옷을 적실 즈음에는 더는 못 참겠다 싶어 근처 아무 건물에나 들어갔습니다. 이름도 모르는 건물이었어요. 오래된 건물이라 불안하다 싶었지만, 아무려면 아까 갔던 화장실만 할까 싶었죠. 나이도 먹을 만큼 먹은 남자가 길거리에서 실례할 수는 없는 일 아니겠습니까. 그나저나 전화 한 통 쓸 수 있을까요? 지금도 아내가 저를 목 빠지게 기다리고 있을 겁니다. 안된다고요?

저는 일주일간 일을 보지 못한 사람처럼 누런 얼굴로 엉금엉금 기어갔습니다. 다행히 그리 늦지 않게 화장실을 찾을 수 있었죠. 가는 동안 누구와도 마주치지 않았어요. 워낙 급한 상황이라 그랬는지 화장실이 더러운지 깨끗한지도 판단하지 못했습니다. 벨트를 풀고 바지 버클을 내리는 데 일 초도 걸리지 않았어요. 드디어 누런 오줌줄기가 폭포수처럼 흘러나오기 시작할 때는 요즘에 통 느껴보지 못했던 행복마저 느꼈습니다. 제가 너무 화장실에 대해 민감하게 굴었던 건 아닌지 반성하게 되더군요. 그러다 문득 이런 생각이 들었습니다.

인간이란 가장 더러운 행위를 하는 동안에도 깨끗하고 싶어하는구나!

한 삼 분은 그렇게 쌌던 것 같습니다. 저는 그동안 제 인생을 생각하고 집에서 씩씩거리며 화를 삭이고 있을 마누라를 생각했습니다. 힘찬 오줌줄기 때문인지 아내도 제 인생도 꽤 괜찮아보였죠. 회사에 들르지 않고 집으로 가기로 마음먹었어요. 그런데 삼 분이 안 돼 역겹고 불쾌한 냄새가 올라오기 시작했습니다. 분명 제 오줌 냄새는 아니었어요. 더는 소변도 나오지 않았죠. 사실 참고 싼 소변이 인력으로 끊어지는 게 아니잖아요? 헌데 그 냄새가 소변줄기를 끊어버렸어요. 정말 무시할 수 없는 냄새였습니다. 인식한 순간부터 차라리 코가 없었으면, 싶을 정도로 괴로웠으니까요. 대충 바지를 추스르며 뒤를 돌았을 때, 저는 그 사건을 볼 수 있었습니다. 그리고 제 인생도 아내의 얼굴도 다시 못생겨졌어요. 제가 정말 똥처럼 느껴졌습니다. 그것도 아내의 대장 속에서 검고 딱딱하게 굳어버린 오래된 똥 말이에요. 이런 똥 같은 인생에서 좋은 일이 일어날리 없는 거죠. 그렇죠, 선생님?

이후의 이야기는 선생님이 아시는 대로입니다……. 더는 할 말이 없어요. 자꾸 선생님이라고 해서 죄송합니다. 다른 단어는 떠오르지 않는걸요. 이해해주세요. 오늘 너무 많은 일을 겪어서 그럽니다.

그런데 말이죠. 저도 궁금한 게 있습니다. 자꾸 질문만 하지 마시고 제 얘기 좀 들어주세요. 제가 정말 이런 일을 당할 만큼 잘못 살았던 걸까요? 아까 선생님과 차를 타고 오는데 그런 생각이 들었습니다. 아까 봤던 그 더러운 화장실이 나에게 어울리는 자리일지도 모른다고요. 하지만 이제 와서 그런 게 무슨 상관이겠습니까. 저는 말이죠. 살 수가 없어요. 이렇게는 살 수가 없단 말입니다. 그 사건은 제 남은 평생을 따라다닐 거예요. 나중에 제가 죽을 때도, 살면서 행복했던 일이 아니라 오늘 일이 생각날 것 같아서 너무 두렵단 말입니다. 이 이야기는 절대로 과거가 되지 않을 겁니다. 지금 이 일은 영화도 아니잖아요. 왜 아무도 은행원을 생각해주지 않는 거죠? 제 인생은 완전히 망가졌어요. 끝장이 났단 말입니다. 선생님, 아내가 절 기다려줄까요? 지금 자정이 넘었다고요. ✂

박은성

2014년 「영남일보」 신춘문예 소설 「리플레이」 당선.
현재 도서출판 단샘 대표.
e-mail:ehangel2@nate.com

최초의 언어

짬뽕 국물이 땡겨. 나는 태에서 중얼거리던 말을 해봤어. 태에서 내가 먹고 싶은 걸 말하면, 한참 있다가 그 냄새가 났어. 홍합과 오징어와 매콤한 국물의 짜릿함이 탯줄을 통해 들어왔을 때의 쾌감을 알고 있니? 너처럼 머리에 피도 안 마른 게 짬뽕을 언제 먹어 봤겠느냐고 묻는다면 할 말이 없어. 그저 입에 착 감기는 맛이 있었고, 그것이 무엇이든 간에 문득 이름이 떠올랐어. 그러면 아, 설렁탕, 이라던가 너구리라면, 이라던가 치즈스노우치킨, 이라던가 좀 더 구체적으로 어느 브랜드의 어떤 피자 이름을 중얼거렸어. 태에서 하는 말이니, 말은 아니고 웅얼거림이나 신호겠지. 먹고 싶은 걸 다 먹었던 건 아니고, 중얼거리다가 웅얼거리다가 침을 삼키다가 잊어버리려고 애를 쓴 음식이 대다수였어.

나는 지금 돼지고기처럼 검은 봉지에 담겨 있어. 영하의 날씨가 살을 파고들어. 감각이 사라지는 이때 내가 할 만한 게 뭐가 있을까. 고민하다가 따끈하고 칼칼한 짬뽕 국물로 위로받고 싶은 거야. 여자아이가 공중화장실 변기에 앉았을 때부터 불안했어. 나는 신호를 주지 않으려고 노력했는데 내 머리는 출구를 향해 전진했어. 손에 잡을 수 있다면 자궁 속 모든 것을 움켜쥐려고 손을 뻗었어. 탯줄이 잡혔어. 그래, 이걸 끝까지 놓지 않을 거야. 목에 칭칭 감고 너 죽고 나 죽고 한 번 끝까지 가보자. 다짐하고 버텼건만 화장실 벽을 치는 여자아이의 절규를 들었어. 여물지 않은 질이 얼마나 아팠겠니. 몸 전체의 뼈가 한 칸씩 뒤로 물러나야 인간은 세상 밖에 머리 하나를 들이밀 수 있는 건데. 나는 잡고 있던 탯줄을 놨다가 도로 잡았어. 한 손으로 잡던 것을 두 손으로 거머쥐었어. 밀고 당겨보자. 안 나가. 내가 널 모르니? 교복 안에 복대를 칭칭 감고 나를 압박하던 너를 모르니? 얇은 교복 블라우스와 허벅지 드러나는 스커트가 갑옷인 줄 알고 있는 너를 모르니? 세상의 눈으로부터 나를 지키려는 게 아니라 너를 지키려는, 내가 너를 모르니?

탯줄을 놨어. 화장실 벽을 뚫어버릴 듯 쳐대던 여자아이가 울음을 터트렸어. 씨발, 아파 뒤지겠어. 미안해. 여자아이는 진통이 잠시 멈춘 순간 홍건하게 울었어. 나는 손이 떨렸어. 이 아이는 내가 태에 있을 때 밥을 꼬박꼬박 먹었지. 순대랑 떡볶이, 어묵 국물이라도. 입에 달고 다니던 담배랑 술은 참았어. 산부인과에 갔다가 돈이 없어서긴 하지만, 돌아 나와서 내 몸을 보존해 줬지. 그 씨발, 속에 담겨 있는 연민과 공포와 절규와 무질서까지 다 느껴졌어. 짬뽕 국물보다 뜨겁게.

고개를 세상 밖으로 내놓자마자 지린내가 났어. 시뻘건 핏물이 변기 속에 넘쳤지. 변기에 앉아 있던 여자아이는 자리에서 일어나 내 머리를 손으로 받쳤어. 수챗구멍에 빨려들 듯 몸이 빠져나왔어. 내가 끈덕지게 잡고 있던 탯줄과 태반도 내 뒤를 따라 나왔어. 어떡하지? 쉰 목소리로 여자아이가 나한테 묻더군. 나는 입안과 목구멍을 막고 있는 오물 때문에 숨도 못 쉬고 있었어. 물에 불어 쪼글쪼글하고 시퍼렇고 핏물이 덕지덕지 한 내 몸을 내려다보던 여자아이는 나를 변기 뚜껑에 올려놨어. 자신의 가방에서 연필 깎는 칼을 꺼내더군. 어디서 봤는지 작은 집게로 탯줄을 집고 칼로 잘랐어. 뭐가 좋은지 희미한 미소가 입가에 걸리더군. 화장실 휴지를 돌돌 풀어서 내 몸을 닦고 자신의 밑을 닦았어. 대변을 본 듯이.

검은 봉지에 담겨서 나는 온갖 따뜻한 것들을 생각해. 그래, 사람은 어디서 태어나는가, 가 중요하지. 고작 한 뼘 길이의 교복 치마 속에서 태어난 인간의 삶이 길기를 바라면 욕심이지. 백세시대? 나처럼 오 분, 십 분을 오십 년이나 백 년처럼 살다가 가는 인간도 있어. 여기 한 인간이 있었다. 라는 문구로 기록되지 못하는 인간이 세상에 얼마나 많을까. 세상의 테두리에 걸리지 않는 인간이라는 이름을 붙이기조차 민망한 작은 사람이 당장 여기에도 한 명 있는데. 여름에는 쥐들과 고양이들의 공격을 받으며, 겨울에는 냉기 속에 죽어가는 우리. 세상의 어두운 구석에 한 뼘의 등을 기댄 우리, 목숨을 부지하기 위해서 우는 것밖에 할 수 없는 우리. 기억해 주겠니?

몸이 점점 얼어가. 젖을 먹어 보지 못한 나는, 태에서 먹었던 따뜻한 음식들을 생각해. 짬뽕 같은 것. 사실은 젖을 먹고 싶어. 목이 말라. 몸을 한꺼번에 데워 줄 따뜻한 것은 젖밖에 없을 텐데. 싶다가 더 따뜻한 것이 있을 것 같았어. 여자아이는 어떤 사람을 사랑하고 어떤 추억과 사랑을 나누며 나를 만들었을까. 실수로 만들어진 인간이 세상에 존재할 수 있을까. 인간이라는 이름을 달고 태어날 수 있을까. 세상에서 산 기간이 오 분, 십 분이라지만 태에서 열 달을 견디고 꿈을 꿨다면 적어도 살만한 가치는 있지 않을까. 살아서 한 끼니의 따뜻한 음식을 날마다 먹을 수 있는 인간으로 자라야지.

마음먹자마자 검은 봉지를 뚫을만한 의지가 나한테 생겼어. 나는 주먹을 불끈 쥐고 소리쳤어. 목에 걸려 있던 이물질은 배가 너무 고파서 다 삼켜버렸어. 자 시작하는 거야. 있는 힘껏 최초의 언어를 뱉어내는 거야. 발걸음 소리가 들려. 사람들의 양심에 칼자국을 낼 거야. 하나, 둘, 셋.

엄……마. ✽

배명희

2006년 중앙신인문학상 등단. 저서 『와인의 눈물』.
e-mail:dhkdql22@hanmail.net

아내의 바다

아내는 인어였습니다, 더운데 헛소리 하지 말라고요. 당신은 꽤나 고지식한 것 같군요. 세상은 말입니다, 무슨 일이든지 일어날 수 있답니다, 주변을 둘러보세요. 요즘은 말이죠. 죽은 지 한 달이 되기도 전에 백골이 되는 세상이랍니다, 사인을 밝힐 수 없을 정도로 부패해버리죠. 기후 온난화의 탓이라는 사람도 있지만 저는 그렇게 생각하지 않습니다. 사람들의 심장이 부패한 거죠. 살아 펄떡이는 심장이 어떻게 부패하냐구요? 순진하시군요. 우리가 사는 곳에서는 무슨 일이든지 일어난답니다, 인간은 부패한 심장으로도 충분히 살죠.

이런 제 말이 옆길로 새는군요. 당신도 바쁜 것 같으니 본론으로 들어가지요. 어쨌든 제 아내는 인어였습니다. 인어공주냐고요? 공주라면 왕의 딸이죠. 아내의 부모를 만난 적이 없어 그것까지는 모르겠습니다, 아내는 공주처럼 아름답죠. 아슬아슬하게 짧은 미니스커트를 입고 거리에 나서면 천지가 환해졌지요. 아내의 미끈한 두 다리를 쳐다보지 않는 사람은 한 명도 없었습니다. 유치원 아이조차 걸음을 멈추고 쳐다보았죠.

인어인데 어떻게 다리가 있냐고요? 당신은 불우한 어린 시절을 보낸 게 분명하군요. 부모가 빚에 쫓겨 야반도주를 했나요? 아니면 동네 형들에게 잡혀 앵벌이라도 한 건가요? 말을 삼가라고요. 미안합니다. 아내를 의심하는 것 같아 살짝 화가 났습니다, 안데르센의 인어공주를 읽었다면 내 말을 이해하기가 쉬울 텐데요. 아내는 나와 결혼하기 위해서 하나뿐인 목숨을 걸었습니다. 인간이 되기 위해 바다 마녀가 주는 독약을 꿀꺽 마셨답니다. 거기까지는 영화나 동화 속의 인어공주와 다르지 않답니다,

제가 정신이 이상한 것 같다고요. 불쾌하군요. 다시 한 번 더 그런 말을 하면 묵비권을 행사하겠습니다.

당신은 목숨을 걸어 본 일이 있습니까? 아내는 저와 함께 있고 싶어서, 저를 사랑해서 자신의 목숨을 걸었답니다, 물론 저도 아내를 사랑했습니다. 인어처럼 아름다운 아내를 어떻게 사랑하지 않을 수가 있겠어요. 아내와 저를 반씩 닮은 아이가 태어난 것으로 보아 우리의 사랑이 얼마나 강렬했는지 알 수 있지 않습니까?

아버지가 되었을 때의 기쁨을 아십니까? 아이를 만난 이후의 내 삶은 커다란 돛을 활짝 펼친 범선과 같았습니다. 바람을 가득 안고 밤바다를 건너는 기분이었지요.

살기가 힘들었냐고요. 그렇지 않습니다. 서른 평 아파트에, 동네에서 가장 좋은 유치원에 아이를 보낼 만큼의 수입은 되었습니다. 문제는 유치원에서 시작했지요. 그 유치원만 아니

었다면 아내가 떠나지 않았을까요. 모르겠습니다. 확실한 것
은 지금 아내가 곁에 없다는 사실입니다,

어느 날 아내가 아이와 함께 체험학습을 간다고 하더군요.
체험학습은 유치원 정규 과정이 아닌 과외 활동이라 따로 돈
을 내야 한다고 했어요. 적지 않는 돈이었지만 여름 휴가비를
아이의 체험학습비로 사용하기로 했지요. 어린 시절의 경험
과 기억은 평생 남지요. 내 아이를 인어공주와 왕자의 사랑도
모르는 아이로 키우고 싶지는 않거든요. 당신을 비웃다니요.
그럴 리가. 저는 그렇게 비열한 인간이 아닙니다.

아내는 아이와 함께 체험학습장으로 갔습니다. 저는 가지
못했습니다. 체험학습일이 평일이었기 때문이지요. 나무가
우거진 골짜기에 자리잡은 학습장은 넓었고 그날은 다른 유
치원에서도 꽤 여러 곳이 체험학습을 하러 왔다고 했습니다.
점심을 먹은 후에 아이들은 인솔 교사를 따라 이동했고, 어른
들은 숲 그늘에 앉아 쉬었답니다. 그러던 중 아이들의 함성과
어른들의 고함소리가 들렸고 궁금해진 아내는 아이들이 모여
있는 곳으로 갔다고 했습니다.

수영장처럼 만든 인공 연못에서 아이들이 몰려다니며 와글
대더랍니다. 아이들 종아리 절반쯤에서 인공 연못을 채운 물
이 찰랑거렸습니다. 물에서 무언가 건져 올리고 있는 아이, 옆
아이와 머리를 들이박고 뒤로 벌렁 나자빠지는 아이. 미끄러
져 엉덩방아를 찧고 울음을 터뜨리는 아이들. 아내는 그 광경
을 멍하니 보았습니다. 그때 한 아이가 고사리 같은 손으로 물

고기를 건져 올리더랍니다. 물고기는 동그란 눈을 뜬 채 퍼덕거렸습니다. 아이는 꼬리를 움켜잡은 채 겁에 질린 표정이었습니다. 인솔 교사가 그 아이에게 너는 세상의 보물을 움켜잡은 거란다. 너의 용기와 행동이 장차 그것들을 너에게 듬뿍 가져다 줄거야. 라고 과장되게 칭찬했답니다. 아이는 기뻐했고 이런 변화는 빠르게 아이들에게 옮겨갔습니다. 아이들은 칭찬을 받기 위해 다투어 물속으로 뛰어들더랍니다.

아내는 미친 듯이 아이들 사이로 몸을 날렸습니다. 아이들의 손에서 헐떡이는 물고기를 놓아주라고 외쳤습니다. 아내는 아이들을 풀장 밖으로 밀어내고 교사에게 아이들을 문 밖으로 데려가라고 애원했답니다. 아내는 인공 연못에서 물고기를 잡는 것은 교육적이지 않을 뿐더러 생명을 하찮게 여기게 할 것이라 생각했습니다. 아내는 전국의 모든 유치원으로 편지를 보냈습니다.

운동권이었냐고요? 당신은 정말 머리가 나쁘시군요. 아내는 인어였다고 분명히 말씀드렸는데요. 저를 만나기 전까지 아내는 북유럽의 깊은 바다에서 살았습니다. 육지에서 산 것은 겨우 육 년 남짓이었어요. 아이가 다섯 살이니까요.

그런 아내를 향해 사람들은 불순분자다. 정치를 하려느냐? 심지어는 종북이라는 말까지 하더군요. 종북은 북쪽을 좋아하고 추종한다는 말이지요? 아내가 북유럽 바닷가 출신인 것은 나로서도 얼마 전에 알게 된 사실인데 말입니다. 인터넷 시대라 그런지 비밀이 없는 것 같습니다. 무엇이든 탈탈 털어대니까요. 세상 물정을 몰라서 아내는 용감할 수 있었을까요? 아내는 우리 아이를 남의 생명을 함부로 짓밟는 인간으로 키우고 싶지 않다고 했습니다. 우리 아이와 함께 살아갈 다른 모든 아이들도 그러기를 바랐습니다.

생선회를 좋아합니까? 나는 종종 횟집 수족관의 생선을 손가락질하며 이게 좋군요. 라고 했습니다. 수족관에 갇힌 물고기를 생명을 가진 존재로 여긴 적이 없었던 것입니다. 아내의 말을 듣고 내가 얼마나 잔인한 존재인지 생각하게 되더군요. 지나친 생각이라고요. 인간은 다른 생명을 죽여서 살 수 있다고요. 물론입니다, 그래서 생명 있는 것들은 대개 연민을 불러일으키지요. 슬프지만 어쩔 수 없다고 생각합니다.

이슬람교도들은 짐승을 도살하기 전에 정결한 의식을 행한답니다. 도살당하는 짐승의 고통을 최소한으로 하기 위해 배려하는 거지요. 다른 생명을 죽여야 살 수 있는 운명이지만 손가락질로 죽음을 선고하는 것과 경건한 마음으로 애도하며 죽이는 것은 다르지 않습니까. 이런 이야기가 또 빗나갔군요.

가끔 아내는 답장을 받았습니다. 미처 생명의 소중함에 대해서 생각을 못했으며, 이후 체험학습을 할 때는 고려하겠다는 내용이었습니다. 차마 옮기기 민망한 욕설을 휘갈긴 편지나 메일이 올 때도 있었습니다. 아내가 상처를 입지나 않을까 걱정되었습니다. 그런데 이런 종류의 체험학습을 금지하자는 여론이 생기더군요. 아내의 편지가 어떤 바람을 몰고 온 것 같았습니다.

아내는 다시 미니스커트를 입고 곧게 뻗어 내린 다리를 드러내고 슈퍼와 유치원과 동네 세탁소와 빵집을 드나들었습니다. 일상으로 돌아 온 것이지요. 살얼음판을 걷는 것 같던 마음이 비로소 놓이더군요. 아내는 동쪽지방에 편지를 보내면 다 끝난다고 했습니다. 퇴근하면서 아내에게 꽃 편지지와 분홍빛 봉투를 한 아름 사다주었습니다. 아내가 재빨리 내 입술에 키스를 하더군요. 정말 사랑스러웠습니다. 하마터면 나는 아내에게 사랑한다는 말 대신 존경한다고 할 뻔 했답니다.

다음날, 아내가 회사로 전화를 했습니다. 아이는 교통사고를 당했습니다. 넘어지면서 찰과상을 입었지만 다행히 많이 다치지는 않았습니다. 아파트 입구에서 아이를 슬쩍 친 자동차는 유유히 사라졌습니다. 자동차 종류와 번호를 본 사람들의 증언으로 금방 찾을 것으로 생각했던 뺑소니차는 오리무중이었습니다. 목격자들이 본 것은 죄다 가짜로 판명되더군요. 경찰은 최선을 다해 수사 중이라는 말만 되풀이 했습니다.

전화가 왔습니다. 다음에는 아이가 찰과상에서 그치지 않을 것이라고 협박했습니다. 온 몸에 소름이 돋았습니다. 아내의 커다란 두 눈에 두려움이 출렁거렸습니다. 우리는 경찰에 신고를 했습니다. 기자가 취재를 했고 사건이 사람들의 입에 오르내렸습니다. 이후의 진행은 당신이 아는 대로입니다. 아무것도 밝혀진 게 없었습니다. 협박 전화는 사흘에 한 번 꼴로 걸려왔습니다. 유치원 원장이 아이를 유치원에 보내지 말라고 하더군요. 우리 아이 때문에 다른 아이들이 다칠지 모른다고 보호자들이 걱정한다고 했어요. 다른 아이들에게 피해가 가지 않게 모든 조치를 취하겠다고 했지만 소용없었습니다. 아이는 유치원에 가지 못했지요. 아이는 흐느껴 울었고 아내는 아이 몰래 분노의 한숨을 내쉬더군요.

풍광이 수려한 체험학습장은 정치권 실세인 모씨의 소유라는 것을 알았습니다. 신문과 방송을 통해서지요. 아이들을 실어 나르는 관광버스와 체험학습장의 시설을 관리하는 업체와 물고기를 공급하는 어장과 체험장의 놀이, 숙박, 식당 시설 등의 운영자와 관리, 감독자들의 이권이 거미줄처럼 얽혀 있더군요.

나는 아내에게 당장 편지 보내는 것을 중단하라고 했습니다. 동쪽지방 한 곳쯤 빠진다고 큰일 나지 않는다고 윽박질렀습니다. 분홍빛 봉투가 아내의 책상에 수북 쌓여 있었습니다. 이것만 보내면 끝나요. 아내는 차분하게 말했습니다.

아이를 죽이고 싶어? 우리는 계란이고 상대는 산더미만 한 바위라고 아내에게 소리 질렀습니다. 왜 그랬을까요. 조용히 말해도 아내는 알아들었을 텐데 말입니다. 매스컴을 타 유명해지니까 대단한 인간이라도 된 것 같냐고 빈정대기까지 했습니다.

아내는 내 손을 끌어 자신의 다리로 가져갔습니다. 나는 당황했습니다. 아내가 말했습니다. 자신은 인어였는데, 바닷가에서 나를 본 순간 인간이 되어야겠다고 결심했다더군요. 순간 아내가 정신이 나간 게 아닌가 싶었습니다. 뺨이라도 한 대 때리면 정신을 차리지 않을까 하는 생각이 들더군요. 아내의 뺨을 몇 차례 때렸는지 기억나지 않습니다. 한 번, 아니, 여러 번. 제 자신이 한심해서 미칠 것 같았습니다. 눈물이 쏟아질 것 같아 안방으로 들어갔습니다. 아내에게 우는 모습을 보여 줄까 두려웠어요. 잠시 후 아내를 찾았더니 없었습니다. 아내 의 책상 위에 쌓여 있던 분홍빛 봉투도 함께 말입니다.

아내는 우체국에서 오후 5시 무렵에 편지를 부쳤습니다, 그 리고 한 시간 후 터미널에서 바다로 가는 버스를 탔습니다. 여 기까지는 당신들이 조사한 대로입니다. 아내가 세상의 바다 를 여행하던 중에 나를 보고 사랑에 빠졌다는 바다 마을행 버 스였습니다. 당신들이 아니었다면 아내가 바다마을로 간 사 실을 알지 못했을 겁니다.

바다는 예전과 다름없이 옥빛이었습니다. 나는 검은 바위 가 흩어져 있는 해변을 걸었습니다. 나와 아이가 편히 살 수 있다면 자신은 돌아가겠다고 하던 아내의 말이 생각났습니 다. 마지막 한 장까지 편지를 보낸 후에 말입니다. 그것은 인 어였던 자신이 꼭 해야 할 일이라고 했습니다. 당신들도 먼 옛 날에는 바다에서 살던 물고기였지 않나요? 아내의 말이 쓸쓸 하게 들렸습니다. 검은 바위 해변에서 당신이 나를 체포할 때 저는 외로워보이던 아내의 마지막 모습을 떠올리고 있었습니 다.

나는 아내를 죽이지 않았습니다. 아내는 바다로 갔습니다.

더 이상 인간들과, 아니 비겁한 나와 살고 싶지 않았던 거지요. 이 손을 잘라버리고 싶습니다. 더러운 쓰레기 같은 손으로 비눗방울같이 투명한 아내의 뺨을 후려치다니. 내가 미쳤나 봅니다. 아내에게 용서를 빌고 싶은데 어떻게 해야 할지 모르겠습니다. ⚚

심아진

1999년 『21세기문학』에 「차 마시는 시간을 위하여」로
등단. 소설집 『숨을 쉬다』 『그만, 뛰어내리다』. 미니
픽션 공저 『그 길, 나를 곁눈질하다』 『내 이야기 어
떻게 쓸까?』. e-mail:jaran72@naver.com

후보작

감자와 나

내가 누구인지 궁금해 하지 말기 바란다. 남자인지, 여자인지, 노총각인지, 노처녀인지, 지금 그런 걸 따질 때가 아니란 말이다.

나는 감자볶음 요리를 하기로 했다. '감자볶음'을 검색하고 찾은 인터넷 블로그에서 남편이 어쩌고 아이가 어쩌고 하는 설명이 한참 이어지다가 준비물이 나왔다.

감자 2개, 양파 반 개, 당근 반 개, 양배추 약간, 후추 약간, 양념간장 2, 참기름 1, 통깨 1.

어이가 없었다. 도무지 이해할 수 없는 재료들이 아닌가 말이다. 감자볶음에 양파는 왜 들어가며 당근에 양배추까지? 게다가 크기도 다른 채소를 놓고 반 개는 뭐며 약간은 또 뭐란 말인가. 아, 아까도 말했다시피 내가 왜 이런 반응을 보이는지 이상하게 생각하지 말아 달라. 어디까지나 나 역시 내 식대로 하루하루를 사는 '사람'이다. 그냥 내 기준에서 황당했다는 얘기다. 누구나 자신의 고유한 성격이 있고, 남들이 알지 못하는 트라우마 같은 게 있게 마련이다. 가령 당신은 내가 "부등식 (x+y-4)(2x-y+3)≥0을 만족시키는 실수 x, y에 대하여 x^2+y^2

의 최솟값은?' 에 대해 이건 기본도 안 되는 문제라고 말했을 때, 황당하지 않을 자신이 있는가? 금방 풀었다고 하더라도 제발 너무 쉽다는 말은 하지 말아주길 바란다. 숫자 놀음은 우리의 본질이 아니다. 나는 어디까지나 요리를 해 보고자 한 것뿐이다. 거창하지 않은 소박한 감자 요리 말이다.

검색창에 다시 한 번 감자볶음을 입력했다. 화면에 떠 있는 사진 중 감자의 허여멀건한 색이 두드러진 것으로 골랐다. 그러니까 양배추나 당근 같은 것은 없는 것으로. 내가 먹겠다는 것은 어쨌든 감자니까 말이다. 나는 곧 어디서부터 잘못 되었는지 알았다. 내가 먹으려는 음식은 '감자볶음' 이 아니라 정확히 '감자채볶음' 이었다. 양배추나 당근이 재료에 없는 그 블로그에서는 그렇게 명명하고 있었다. 그렇다. 처음의 실수는 내가 '무엇' 을 원하는지를 몰라서였음에 틀림없다. 감자와 감자채의 유의미한 차이. 나는 미묘한 차이 때문에 일이 완전히 달라지기도 한다는 것을 여러 번 경험한 일이 있다. 제발 감자볶음이나 감자채볶음이나 같은 거라고 말하지 말아 달라. 어떤 현상은 뭉개버리고 모르는 체하지 않으면 살 수가 없다. 나는 살짝 이 부분을 넘어가고자 하니, 제발, 눈감아주기 바란다. 아무튼 나는 성급하게 마우스의 스크롤바를 내렸다. 이 요리법을 올려놓은 사람 역시 여름이니 매미니 하는 얘기를 한참 떠들다가 겨우 준비물을 내놓았다.

감자2, 양파1/2, 대파1/2, 굵은 소금, 포도씨유, 소금, 후추, 참기름, 통깨.

역시 만만치 않은 재료다. 나는 단 두 번의 검색으로 '간단한' 감자채볶음 같은 것은 깨끗이 포기하기로 했다. 오래 고집을 부리다가 낭패를 보는 것은 결국 감자도 뭣도 없는 나라라는 것을 알기 때문이다. 이제 나는 채소의 크기 따위에도 신경 쓰지 않기로 했고, 여타 다른 식재료에 관해서도 순종하기로 했다. 내게 얼마간의 융통성이 있다는 것을 알아주기 바란다. 나는 여러 크기의 감자가 담겨 있는 바구니 앞에서 한참을 망설이겠지만, 결국 현명하게 제일 큰 감자와 제일 작은 감자의 딱 중간 정도 되는 크기의 감자를 고를 것이다. 일본인들에게는 잘 없다는 이 유도리ゆとり. 나는 순순히 양파니 대파니 하는 것들도 결국 감자채볶음에 들어가야만 한다는 것을 인정하였다. 아이에게 실험해 보라. 네 대를 맞을래, 두 대를 맞을래 하고 물어보면, 사는 게 생각보다 거칠다는 것을 인정하는 평범한 아이라면 반드시 두 대라고 말할 것이다. 나는 당근과 양배추가 빠졌다는 사실 만으로도 위안을 받았다. 두 대쯤은 기꺼이 맞아줄 수 있다.

게다가 양파나 대파나 둘 다 파가 아닌가. 나는 작은 위안에도 만족하며 장을 보았다. 실제로 나는 양파 한 망 값으로 삼천 육백 원을, 대파 한 묶음 값으로 이천 팔백 원을 지불했지만, 그냥 묶어서 파 값으로 육천 사백 원을 지불했다고 생각했다. 더할 나위 없이 편안한 마음이 되었다. 심플한 것들이 사람을 얼마나 위로하는가 말이다. 파 육천 사백 원!

그러나 그 다음 장벽 역시 만만치 않았다. 천일염, 구은 소금, 맛소금, 심지어 허브맛 솔트까지 집에 있었지만, 결국 내게 필요한 것은 '굵은 소금'이라는 사실을 인정하는데 꽤 시간이 걸렸기 때문이다. 나는 슈퍼마켓의 소금 진열대 앞에서 허리를 폈다 굽혔다를 반복했다. 소금의 화학 기호 $NaCl$. 이온 결합시 음이온의 크기와 양이온의 크기로 결정의 모양이 정해지는데, Na^+이온을 향해 Cl^-이온이 소위 xyz 세 방향에서 붙어 있어야 안정된 형태를 띠게 된다. 결정이 굵어지려면 결정들이 모이는 시간이 어느 정도 주어져야 하기 때문에, 저온에서 오래 끓여진 것, 즉 염전에서 구한 $NaCl$이 바로 '굵은 소금'이 되는 것이다. 찾았다. 일 킬로그램짜리 배추절임용 소금. 나는 안도의 한숨을 내쉬었다. 이 킬로그램이나 오 킬로그램을 사야했다면 정말 갈등했을 것이다. 이러면서까지 감자채볶음 따위를 먹어야 하는가, 하고 말이다. 이제 슬슬 지겨워진다고 말하지 말라. 뭐니뭐니해도 가장 괴로운 것은 나다.

내게는 아직도 포도씨유와 후추, 참기름, 통깨라는 거대한 관문이 남아 있었다. 그러나 건너뛰기로 하자. 당신을 배려해서가 아니라 내가 정말 말하기도 싫을 정도로 지쳤기 때문이다. 마지막으로, 쇼핑백을 가져오지 않았다면 쓰레기봉투에 담아가야 한다고 말하는 점원과 한참 실랑이를 하다가 진이 빠져 돌아왔다는 것만 말해두고자 한다. 사실 나는 오랜 사유와 번뇌의 시간 끝에 고른 음식 재료들을 쓰레기 취급하기 싫어서 계속 아니오, 라는 말을 반복한 죄밖에 없다. 그 쓰레기봉투가 그 쓰레기봉투인지를 몰랐을 뿐이다. 내가 점원을 무시했다거나 놀리려고 그런 게 정말 아니란 말이다.

그러므로 요리는 시작도 하지 않았지만, 나는 빗살무늬토기부터 굽기 시작해 단번에 인류의 요리 역사 전체를 경험한 사람처럼 피로해졌다. 뼈가 흐물거리고, 손이 떨려 이러다 정말 암이라도 걸리는 게 아닐까 싶은 생각이 들 정도였다. 하필 암이 떠오른 것은 감자가 항암 효과에 탁월하다고 들었기 때문이다. 아이러니하게도 그 항암 효과를 가졌다는 성분인 알파카코닌과 알파솔라닌은 감자의 껍질과 싹에 많이 들어 있는데, 조리시 거의 제거되어버린다. 그럼 감자를 껍질째 삶아 먹든지, 생으로 갈아 먹으면 고생도 하지 않고 좋지 않았겠냐고? 지당하신 말씀이다. 하지만 사람에게는 비이성이나 억지라고만은 할 수 없는 성향 혹은 취향이라는 게 있다. 누군가는 반드시 모서리가 둥근 지갑이나 노트를 사야만 만족하고, 누군가는 꼭 문을 등지고 앉아야만 마음이 편하다. 앞머리를 내리지 않으면 불안한 사람이 있고, 단추나 지퍼를 모두 잠그면 답답해서 미치는 사람이 있다. 나는 무조건 감자채볶음이 먹고 싶다. 그러니 관심과의 구분이 몹시 애매한 간섭이라면 거두어 주시라.

아무튼 나는 감자를 내 식대로 먹기 위해 꺾이려는 허리를 곧추세우고 조리대에 섰다. 먼저 다루기 쉬운 과도로 감자를 돌려 깎았다. 푸르스름한 독은 보이지 않았는데, 보였더라면 얼마만큼 도려내야 인체에 득이 될지 해가 될지를 가늠하며 시간을 보냈을 것이다. 그러나 푸른 싹이 보이지 않았으므로 조심해야 할 필요가 없었는데, 이상하게도 그 때문에 약간 서운해졌다. 그렇다니까. 인간은 아주 약간이라면, 스트레스를 반기기도 한단 말이다. 무병장수하기를 바라지만, 한편으로 은근히 비운의 주인공처럼 요절하기를 바라기도 하는 게 인간이다. 맞고 싶지 않지만 한편으로 누가 좀 때려줬으면 하고 기대를 하기도 하는 게 인간이란 말이다. 당신은 아니라고? 그래, 그래. 성향이니 취향 얘기를 한 것은 나니까, 이쯤에서 넘어가는 게 좋겠다. 요리를 계속하자.

　나는 인터넷에서 시키는 대로 감자를 채 썰었다. 굵게? 가늘게? 그냥 내 성향과 취향대로 썰었다. 그리고 잘 썰다가 내 손톱도 하나 둘 같이 썰었고, 급기야 살도 조금 썰었다. 물론 엄청나게 아팠다. 하얀 감자가 빨갛게 변할 만큼은 아니었고 그저 연한 살구색이 될 정도로 피가 났지만, 아무튼 꽤 따끔거렸다. 검지의 손톱 아랫부분. 한참 지혈을 한 후, 나는 도대체 감자를 어떻게 쥐고 칼을 어떻게 썼길래 베인 것인지를 알기 위해 동작을 재현해보았다. 마치 범죄자가 범죄 현장에 다시 가는 것처럼, 나는 조금 전의 내 행동을 흉내 내보았던 것이다. 이해할 수 없는 상황에 대해 고민하고 탐구하는 것은 인간의 가장 숭고한 본능 중 하나다. 물론 일부러 확대해석을 하려는 것은 아니다. 멍청한 짓을 했다는 것은 나도 잘 알고 있다. 나는 단지 궁금했던 것이다. 어째서 납득할 수 없는 부위가 칼에 벨 수 있었던 것인지를. 그것은 도저히 그럴 수 없으리라 여겼던 후보가 대통령이 된 것만큼이나 이해할 수 없는 일이었다. 상처가 난 부위는 결코 상처가 날 만한 위치에 있지 않았다. 맙소사! 이런 때 드는 게 자괴감이다. 그러나 나는 언제나처럼 잘 잊는 유전자의 힘을 빌어 재빨리 상황을 정리하였다. 우선 밴드를 손가락에 단단히 감았다. 그리고 썰다 만 감자를 왼손에, 칼은 다시 오른손에. 나는 마음을 다스리며 칼질을 겨우 마치고, 안내문에서 시키는 대로 감자를 물에 담갔다. 녹물을 빼기 위해서라나 뭐라나.

다음으로 양파와 대파 썰기. 예상했겠지만 쉽지 않았다. 맙소사. 내가 흘린 눈물의 양을 봤다면 틀림없이 내가 양파와 파의 죽음을 애도해서 그렇게 울었다고 할 것이다. 나는 눈이 벌게진 채, 주방에서 가능한 먼 곳으로 이동해 티슈로 눈물을 닦아냈다. 사는 게 왜 이런지 생각해 본 적이 별로 없었는데, 눈물을 쏟고 나니 사는 게 왜 이런가 하는 생각이 절로 들었다. 울다 지친 인형처럼 그대로 잠들고 싶었지만, 물에 잠겨 있는 감자가 나를 불렀다. 야!

팬에 포도씨유를 두른 후, 물을 빼고 체에 건진 감자를 쏟아부었다. 지지직. 소리만 요란한 게 아니었다. 기름과 물이 서로를 경멸하며 튀어 오르는 힘이 엄청났다. 뜨거운 기름에 물이 닿으면 난리가 난다는 것을 모르지 않았다. 나도 본 바가 있는 사람인데, 왜 몰랐겠는가? 그러나 나는 너무 지쳐 있었고 지나치게 감자에 집중했기 때문에, 체에 걸렀다 하더라도 남아 있을 물을 간과했던 것이다. 눈두덩과 광대뼈 부근이 따끔거렸다. 피부가 살짝 벗겨졌을지 모른다는 생각을 하면서

나도 모르게 손으로 따끔거리는 부위를 비볐다. 곧 실수를 깨
달았지만 양파와 대파의 유황 성분이 더 빠르게 손에서 눈으
로 옮겨간 뒤였다. 눈이 아리면서 눈물이 쏟아졌다. 앞이 흐
릿한 가운데 간신히 벽을 더듬어 욕실로 갔다. 비누로 손을 깨
끗이 씻고 눈을 헹구고, 다시 손을 씻고 세수를 하고……. 세
상이 순탄하지만은 않다는 것을 충분히 알고 있는 내게 왜 교
훈 같은 것을 주려는지 왜 시험 따위가 필요 없는 나를 자꾸
시험에 들게 하는지 세상에게 따져 물으면서, 나는 비틀비틀
욕실을 나왔다. 하지만 내가 겪어야 할 악운이 아직도 한 줄
더 하늘에 쓰여 있었던 모양이다. 중불로 줄여지기를 초조하
게 기다렸을 감자가 센불에서 까맣게 타들어가고 있었던 것
이다. 기다림에 지쳐 흘렸을 감자의 눈물이 매캐한 연기로 기
화되어 날아가고 있었다.

  그래, 이제 그만하려고 한다. 감자채볶음을 먹지 못한 인간
의 기력이라는 게 결국 이 정도밖에 되지 않기 때문이다. 원고
지 30매. 마지막으로 질문하시라. 그 후로 감자채볶음을 다시
는 하지 않았느냐고? 당연히 하지 않았다, 라고 답하고 싶지
만 솔직히 그러지 못했다. 똑똑한 인간이라면 깨끗이 포기했
겠지만, 똑똑하지 않은 나는 미련함과 도전정신을 쉽게 구분
하지 못했기 때문이다. 블로그 찾는 것은 두 번 만에 쉽게 포
기하더니, 감자채볶음은 왜 그러지 못했냐고? 똑똑하지 못해
서 그랬다니까 그러네. 그냥 상황 따라 쉽게 변하고 한없이 모
순된 게 인간이라고 해 두자. 뭐? 일반화시키지 말라고? 그래,

그래. 알았다. 개인의 특성이 군집의 특성을 능가한다는데 언제나 동의하는 나다.

사실 이론상으로 남은 변수랬자 소금의 문제나 마늘의 문제 등 몇 개가 되지 않았다. 모든 재료에 일어날 수 있는 가능성의 수와 모든 재료의 수를 곱하면, 아니 숫자 놀음은 하지 않기로 했지. 어쨌든 '그까짓 감자채볶음'이니까 말이다. 그리고 다시……. 알고 싶지 않다고? 나 역시 말하고 싶지 않지만 이야기는 끝을 내야 하니까 말이다. 이런 경우에 미국인들은 이렇게 말하곤 하던데. 블라블라.

블라블라, 모두 실패했다. 나는 결국 감자채볶음을 포기했다. 여섯 번째인가 일곱 번째인가 쯤에 참다못한 감자가 채 썰리던 도마에서 벌떡 일어나 내게 말했던 것이다.

이 감자만도 못한 인간아!

순간 나는 왜 썰린 감자채가 아니라 반쯤 남아 있던 감자 덩어리가 그렇게 말을 한 것일까 묻고 싶었다. 감자채들이 입을 모으는 것보다 묵직한 덩어리가 한 마디 던지는 게 나아서? 아니면 감자채는 감자의 본질이 아니라서? 궁금한 것이 많았지만 나는 하얗게 질린 감자의 얼굴을 보고 조용히 입을 다물었다. 감자에게 감자만도 못한 인간이라는 소리를 듣고도 정신을 못 차렸다고 생각하면 안 된다. 마지막으로 분명히 말해두지만, 나 역시 원해서 이렇게 생겨먹은 건 아니다. 감자에게 어찌할 수 없는 삶이 있는 것처럼 내게도 어찌할 수 없는 삶이 있을 뿐인 것이다. 이해 하겠니, 못난 감자야? ✿

유경숙

1997년 창작수필 「기우도騎牛圖」 신인상 수상. 2001년
「농민신문」 신춘문예에 단편 「적화炙花」로 등단. 소설집
「청어남자」와 미니픽션선집 8권을 공저로 묶었다.
e-mail:yksook424@hanmail.net

베를린지하철역의 백수광부

독일에서 철학박사 학위를 따는 것은 시간 죽이기 세월이
었다. 중세 암흑기로 돌아가 어둠을 갉아먹는 것과 다름없는
시간이었다. 상범의 지도교수는 수시로 압박을 가했다, 발품
을 팔아 석관 속에 든 미라(mima)를 찾아내 부활시키라고…….
그래서 그는 수년 동안 독일의 서남부에 있는 전통 깊은 수도
원들을 찾아다녔다. 라인강 줄기를 따라 거슬러 올라가면 오
래된 수도원들이 여럿 있었다. 그중에서도 마이스터 에크하
르트(Meister Eckhart)의 문헌이 남아 있는 곳이라면 상범은 어디
든 달려갔다. 봉쇄수녀원이든 대학도서관이든 샅샅이 훑고
다녔다. 에크하르트가 속해 있던 도미니코수도회는 주로 도
심에서 학문과 설교를 중심으로 활동했던 탁발수도회였기에
자료가 많은 편이었으나 유독 그의 영성에 관한 자료만 사라
졌다. 그가 종교재판에 끌려다니다 병을 얻어 객사한 후 이단
으로 단죄되어 강의 자료가 몰수돼 불태워졌기 때문이리라.
일찍이 그이는 생명의 근원과 우주의 원력에 눈을 떴고 동방
의 노장철학에도 깊이 영향을 받았던 신비주의수도승이었다.
철통같은 유일신의 중심시대에 초월이며 내재이고 내재이며

초월인 범재신론(Panentheism)을 들고 나와 '부정의 길'을 예고한 죄 몫으로 재판에 끌려다녔다.

상범이, 한번은 골짝 깊은 숲 속의 수도원을 찾아갔다가 늙은 수사에게 붙들려 단단히 고역을 치르기도 했다. 봉쇄수도원을 혼자 지키고 있던 원장수사는 수도원 문을 이대로 닫을 순 없다며 막무가내로 그를 붙잡고 늘어졌다. 늙은 원장은 가끔씩 혼잣말처럼 슬쩍슬쩍 말을 흘리기도 했다, "라틴어와 헬라어로 쓴 금서들이 지하 궤짝에 잠자고 있는데." 라며. 아직 한 번도 공개되지 않은 중세 신비주의 교서들이 들어 있는 석관이 따로 있다며 은근슬쩍 미끼를 던져 보기도 했다. 그는 밤마다 열쇠꾸러미를 주머니 속에 넣고 달랑거리며 상범의 애간장을 태웠다. 봉쇄수도원으로 전해져온 탓에 장상長上에게만 비밀리에 열쇠가 전수되는 전통이 살아 있다고 했다. 수도자로 정식 입문을 하면 지하 서고의 열쇠를 넘겨줄 수도 있다고……. 곰팡이와 먼지로 켜켜이 덮인 희귀본 고서들의 봉인封印을 함께 푸는 작업을 시작하자며 꼬드겼다. 당신 살아 있을 때 고어古語번역을 마쳐야 한다며, 때론 절실한 눈빛을 보이기도 했다.

상범은 아침저녁으로 원장수사를 따라 성무일도를 바치며 수련기 아닌 수련기를 보냈다. 해가 떨어지기 전에 구운 감자 몇 알과 염소젖 한 잔으로 저녁식사를 때우고 나면 밤은 너무

나 길었다. 한겨울 불기운도 없는 침실에서 양말을 깁고 있는 원장 모습은 그야말로 살아 있는 유령이었다. 벽에 걸려 있는 액자 속 트라피스트 수도승이 튀어나와 노동을 재현하고 있는 것만 같았다. 몇 켤레의 양말을 끼어 신고 잠자리에 드는 노인은 발냄새가 지독했다. 유목민의 장화 속처럼 고린내가 진동했다. 돋보기를 끼지 않고도 바늘귀를 꿰었고 구멍난 양말을 섬세하게 기워냈다. 구십이 넘은 나이에도 장작을 패고 손빨래를 하며 청빈한 생활을 이어갔다. 상범은 낙엽 지는 십일월에 입성하여 혹독한 겨울을 수련기로 보내고 이듬해 삼월 수도원을 나왔다. 얼굴이 반쪽이 되어 알아보는 이가 드물 정도였다. 봄이 되면서 새벽 성무일도를 바치다 몇 번 쓰러지는 불상사가 일어나지 않았더라면 원장은 끝끝내 그를 놓아주지 않았을 것이다.

상범이 중세철학에 갇혀 박사학위 논문을 쓰고 나오니 세상은 몇 세기를 뛰어 넘은 듯 문명의 지각변동이 일어났다. 도서관에 갇혀 있던 지식과 수도원 서고에서 잠자고 있던 금서 자료들이 실시간 광속을 타고 국경 없이 날아다녔다. 그의 수많은 노트와 복사자료는 한낱 불태워질 종이쪽지에 불과했다. 칠백 년 동안 잠들어 있던 에크하르트의 영성을 깨워 한 권의 책으로 부활시켜 놓고 보니 그의 머리카락은 이미 서리가 하얗게 내린 백수광부가 되어 있었다.

갑오년甲午年 겨울, 해가 뉘엿뉘엿 질 무렵 희끗희끗한 머리
카락을 날리며 베를린지하철역을 찾아드는 상범의 배낭 안에
는 허름한 침낭 하나가 들어 있었다. ✤

유시연

2003년 『동서문학』신인상 당선. 소설집 『알래스카에
는 눈이 내리지 않는다』 『오후 4시의 기억』, 장편소
설 『부용꽃 여름』 『바우덕이전』 『공녀, 난아』가 있음.
제1회 정선아리랑문학상 수상.
e-mail:mintvase@hanmail.net

잉어

늙은 잉어는 노회했다. 오랜 세월 다른 세상과 격리된 채 몸집을 키워온 잉어는 낚시꾼의 바늘로부터 살아남는 법을 일찌감치 터득했다. 산속에 갇힌 호수에는 그런 잉어가 많았다. 심지어 낚싯대를 물고 끌고다니는 놈들도 있었다. 잉어와 힘겨루기를 벌이다가 물속으로 끌려간 사내 이야기가 낚시꾼들 사이에 한동안 떠돌았다.

"아줌마, 아빠는 언제 올까요?"

올까요라니…… 여자는 의아한 눈빛으로 계집애를 쳐다본다. 계집애는 쑥스럽게 웃으며 딴청을 피운다.

"갑자기 인생관이 바뀌었니? 왜 경어체를 쓰고 그래."

"아뇨, 그래야 할 것 같아서……요."

계집애의 태도에서 여자는 두려움에 사로잡힌 눈빛을 읽었다. 그건 그녀가 알던 예전의 계집애가 아니었다. 아이는 처음부터 여자에게 적대적이었다. 한번도 친밀함을 드러내지 않았다. 어쩌면……그곳에 가면 아빠를 만날 수 있을지도 몰라. 여자는 홀리듯이 내뱉는 계집애의 말을 놓치지 않았다. 아이와 함께 길을 나서는 순간 여자는 뭔가 찜찜하고 불안정

한 기분에 사로잡혔다. 계집애는 작은방 구석에 아무렇게나 세워져 있던 낚싯대를 챙기더니 담요와 모자를 주섬주섬 스포츠가방에 담았다. 여자는 지푸라기라도 붙잡는 심경으로 계집애가 말한 저수지를 찾았다. 그가 사라진 지난 몇 달 동안 여자는 그가 왜 갑자기 그녀의 눈앞에서 사라졌는지 이해하지 못해 고통스러웠다. 지나간 시간을 천천히 거슬러 회상하며 여자는 남자의 태도에서 그간의 정황을 유추해내려 애썼으나 아무런 실마리가 잡히지 않았다. 다만 베란다에 나가 등을 구부린 채 담배를 피우는 시간이 늘어갔다는 사실만이 여자가 그의 신변에 일어난 변화를 아주 미세하게 감지한 전부였다. 여자는 하염없이 호수 건너편을 바라본다. 여자의 시야에 저녁 햇살을 받은 숲이 커다란 덩어리가 되어 일렁였다. 여자는 다시 계집애 쪽으로 시선을 돌렸다. 계집애가 거침없이 지렁이를 바늘에 꿰어 낚싯대를 던지는 모양을 바라보며 여자는 낯을 찌푸렸다. 계집애는 오래전부터 그 일을 해 온 것처럼 능숙했다.

"너, 솔직히 말해봐. 여기에 왜 온 거야."

"……."

계집애는 여자를 빤히 쳐다보며 이해할 수 없다는 듯한 눈빛으로 한동안 쳐다보더니 벌떡 일어나 낚싯대를 잡아당겼다. 은빛 비늘이 수면을 이리저리 가르며 도망치느라 물결이 흔들렸다. 계집애가 낚싯대를 잡고 용을 쓰는 동안 여자의 혼몽한 시선이 물결 따라 흔들렸다. 계집애의 기다란 허리가 뒤로 젖혀지며 몸이 크게 흔들리는 동안 수면이 덩달아 휘청, 하고 흔들렸다.

"에이! 놓쳤잖아."

계집애가 소리쳤다. 허공에 쳐들린 낚싯바늘에 달린 지렁이가 없어지고 물고기는 도망을 쳤다. 계집애가 원망스러운 눈빛으로 여자를 쏘아보았다. 하지만 그것도 잠시 계집애는 다시 작은 플라스틱 통에서 지렁이를 손으로 덥석 붙잡아 바늘에 달아매고는 길게 수면을 향해 줄을 던졌다. 아주 익숙한 솜씨였다. 아이 엄마가 죽은 후 남자는 어린 계집애를 데리고 낚시터에서 소일했다고 들은 적이 있었다. 재롱을 부리고 인형을 갖고 놀 나이에 계집애는 미끼로 물고기를 유인하는 법을 배웠다.

저물녘의 호수는 고요했다. 이따금 지느러미를 꼿꼿하게 세운 채 유유히 지나가는 잉어가 물살을 가르는 소리만이 고요를 깨트렸다. 물을 때리는 물소리가 났다. 눅눅한 습기와 차가운 바람이 호수 주위를 에워싸고 있었다. 삶과 죽음이 사투를 벌이느라 밤새 파동을 일으켰다. 뭍을 적시던 물결이 경계를 허물고 잔잔히 흘러갔다. 한기가 몰려와 여자의 목덜미 속으로 파고들었다. 여자는 목을 움츠리며 몽롱한 시선으로 수평선을 바라보았다. 멀미가 나고 어지러웠다. 여자는 지쳐가고 있었다. 계집애는 사흘째인 오늘도 첫날과 마찬가지로 낚싯대를 놓지 않고 끈질기게 찌를 노려보았다. 여자는 한평생 청새치를 기다리며 늙어간 어느 노인의 이야기를 떠올렸다. 일생을 통틀어 물고기와 씨름한 노인의 이야기가 예삿일 같이 느껴지지 않아 여자는 가늘게 한숨을 내쉬었다. 호수 주변에는 그런 인물들이 많았다. 그들은 하루종일 물고기를 기다렸다. 어쩌면 그들이 기다리는 건 물고기가 아니라 자신의 운명일지도 모른다고 여자는 생각했다. 운명에 갇혀 산 노인의 이야기가 견고한 벽으로 여자를 짓눌렀다. 여자는 기다림이 익숙했다. 첫 결혼에 실패하고 혼자가 되었을 때 여자는 기다릴 누군가가 없다는 사실이 허망해서 울었다.

"아줌마, 우리 아빠 어디가 좋았어요."

"글쎄."

여자는 고개를 들어 건너편 숲을 바라본다. 어둠에 잠긴 숲이 안개 속으로 모습을 감추고 있다. 대답을 기다리는 계집애의 눈동자가 불안하게 좌우로 흔들렸다. 빚쟁이들이 떼로 몰려왔을 때 여자가 당황하여 허둥거릴 때 계집애는 눈하나 깜짝하지 않았다. 독오른 고양이 눈빛으로 탐색을 하던 계집애와의 첫 만남. 이후 여자는 적인가 아군인가를 예민한 촉수로 집어내는 계집애의 시선망에서 자유롭지 못했다. 여자는 사업상 가끔 외박을 하거나 며칠 씩 사라지는 그 대신에 계집애와의 불편한 동거에 들어갔다.

밤바람이 호수 주위를 떠돌아다니는 동안 수면에는 야광찌가 군데군데 불을 밝히고 출렁였다. 가끔 환호성이 터지면 누군가가 물고기를 낚아올린 신호였다. 야광찌를 피해 커다란 잉어가 물살을 가르며 나돌아다니는 것을 빼면 호수는 적막했다. 밤이 깊어가자 계집애는 의자에 앉아 고개를 떨군 채 졸고 있다.

"어, 어, 어!'

누군가 비명을 내질렀다. 여자는 어둠 속으로 초점을 모았다. 그순간 빠른 속도로 커다란 잉어 한 마리가 뻣뻣한 등지느러미를 세운 채 낚싯대를 끌고 가는 게 보였다. 커다란 등치의 사내가 낚싯줄에 친친 감긴 채 어디인가로 끌려가다가 깊은 호수 바닥으로 곤두박질쳤다. 물결 파장이 일어나며 수면이 들썩였다. 여자는 힘 센 잉어에게 끌려가는 사내가 어딘가 낯익었다. 여자는 눈을 끔벅이며 다시 한 번 검은 호수를 노려보았다. 안개가 빠르게 몰려왔다. 잉어는 안개 속으로 사라지고 없었다. 요동치던 호수는 상처투성이 제 몸을 다독이며 조용히 깊어가고 있었다. 호수 바깥에 바람이 불고 복잡한 소문이 돌아다니는 동안에도 호수는 언제 그런 일이 있었더냐 싶게 고요히 찰랑거렸다. ✿

이덕자

1947년 강릉에서 출생. 강릉여고와 이화여대 국문과 및 동대학원 졸업. 「동아일보」 신춘문예 동화 「발이 큰 아이」, 「여성동아」 장편소설 공모 「나팔수」 당선. 장편소설집 「햇귀」 「어둔 하늘 어둔 새」 외 다수. 동화집 「장아의 빨간 안짐」. 시집 「신의 전당포」. 1974년 도미해 현재 워싱톤 DC 근교 버지니아 에쉬번에 거주. e-mail:duckjalee@hanmail.net

시인 기형도가 사는 집

기억해야 할 기억을 기억하지 못하면 안타깝다. 어쩌다 내가 그렇게 안타깝게 되었다. 벌써 몇 달째였다. 그놈의 기억은 잡힐 듯 잡힐 듯 하면서 잡히지 않고 있었다. 사람 보통 애달구는 게 아니었다. 기억력이 쇠퇴하긴 했지만 그리 심한 편은 아니었다. 아직도 장타령을 시작했다하면 끝없이 주절댈 수 있었다. 어디 그뿐인가. 어린시절 남산 중턱에서 7일 동안 내가 밟아죽인 송충이들의 수를 27, 33, 43, 50, 61, 72, 88로 정확하게 기억하고 있었다. 하늘을 통채로 덮어 징그러운 송충이들과 함께 남산 비탈길에 콜타르같은 어둠을 쏟아붓던 1960년 여름의 무성한 나뭇가지들도 생생하게 기억하고 있었다. 그런데 하필 잊어서는 안되는 중요한 기억을 잊었다. 잊었다는 사실을 알고 있는 게 희한했다. 게다가 수시로 잊었다는 사실을 떠올리고 있었다. 은근히 고달팠다.

누구와 어디서 만나자고 약속을 했던가? 누굴 죽도록 미워했거나 사랑했던가? 용서를 빌 일이 있는가? 진 빚이나 받을 빚이 있는가? 누구 인생을 내가 망치기라도 했던가? 몽유병을 앓을 때 누굴 죽였던가? 때론 고달픈 정도에서 그치지 않았

다. 고문당하는 느낌이었다. 암튼 찾아야 할 것 같았다. 찾아
봤자 득은 커녕 별 볼일 없는 이 인생 더 꼴 사납게 만들지 몰
랐다. 그래도 찾아야 할 것 같았다.

기억을 찾을 수 있는 실마리를 찾아 헤매기로 했다. 밖으로
맨날 나돌았다. 그러다가 중독이 되었다. 때론 비바람이 몰아
쳐도 무엇에 홀린 듯 자동찰 몰고 나갔다. 생활의 규격이 망가
지기 시작했다. 집안이 형편없이 지저분해졌다. 끼니를 잘 챙
겨 먹지 않았다. 길을 잃어 낯선 곳을 겁에 질려 헤맬 때도 많
았다. 전활 받지 않아 친구들은 드디어 내가 죽었다고 생각하
기 시작했다.

그러던 어느날, 가까운 곳에 새로 오픈한 롯데마트에 갔다.
인도인을 겨냥해 연 마트지만 그래도 한국가게니 혹 실마리
를 찾기가 더 쉽지 않을가 해서였다. 거기서 어떤 노파를 만났
다. 머릴 초록색으로 염색했다. 얼굴은 노랬다. 눈은 염증 때
문인지 빨갰다. 근래 메콩강 지역에서 새로 발견했다는 루비
눈 독사같았다. 내가 나무의 몸통이라도 되는 듯 심하게 충혈
된 눈의 눈초리로 뱀인양 날 칭칭 감아댔다. 물론 느낌이었지
만 사진에 찍혀나올 정도로 생생했다. 내가 죽여서는 안되는
무서운 독사를 죽였던가? 저절로 떨렸다. 그때 노파가 말했
다.

뭘 찾는 눈치인데, 혹 모르니 오늘밤 자정에 시인 기형도가
사는 집으로 오시게. 집은 헤밍웨이 서클에 있고 문은 빨간색
이네. 쉽게 열리는 문이 아니니 시간 지키게.

그러곤 빨간 눈을 몇번 데굴데굴 굴리더니, 물을 게 너무 많아 뭘 먼저 물을까 생각을 굴리는 날 팽개치고 급하게 마트를 나갔다.

밖엔 눈이 내리고 있었다. 11월 25일이었다.

함부로 겁없이 갔다가 노파로 변신한 독사에게 기억하지 못하고 있는 내 과거의 죄과의 복수로 물려 죽을지 몰랐지만, 죽은 시인이 사는 집으로 자정에 오라는 노파의 말은 내 호기심을 이미 자극할 대로 자극했을 뿐만 아니라, 또한 언제고 당해야 하는 내 운명이라면 당해야 한다고 생각해서 갔다. 그보다 안가면 남은 여생을 두고, 갔었더라면, 갔었더라면, 하고 후회할 것 같았다.

집은 컸다. 죽은 유명 작가들의 이름으로 거리의 이름이 지어진 중상층의 동네였다. 눈여겨 보니 기형도 집은 13년 전에 내가 사려고 했던 집이었다. 그때 가격이 내 형편에서 조금 웃돌기도 했지만 그보다 집주인이 이 집에선 장미를 키워선 안된다고 했었다. 음침하고 으시시한 요구였다. 게다가 그때 나는 장미를 키울 속셈이 배추 속 알갱이 마냥 꽉 차 있어 발길을 돌렸었다. 어쨌든 이 집이 이제 기형도 시인의 집이라니 반가웠다. 그가 29세에 요절한 것으로 알고 있지만 죽지 않았던 모양이다. 극장 무대에서 아니면 화면에서 아니면 객석에서 연기로 죽은 것을 사람들은 진짜로 죽었다고 믿었던 모양이다. 또는 집주인이 동명이인의 시인일 수도 있다.

뜰엔 먹지 못하는 빨간 열매를 맺는 거대한 페어 트리가 서 있었다. 종일 하염없이 내린 눈으로 나무는 흰꽃을 듬뿍 이쁘게 피웠다. 늦 3월에 잎보다 꽃을 먼저 피우는 나무라 나무만 보면 지금이 봄이었다. 13년 전 그 꽃핀 나무에 빨간 홍관조 한 마리가 앉아 있었는데 몹시도 이뻤다. 지금은 예닐곱 마리의 검은 새들이 이 가지 저 가지에 띄엄띄엄 깃을 내리고 있었다. 자는지 조용했다. 달은 나무 위에 없었다.

문 앞으로 갔다. 외등은 꺼져 있었다. 소매에 묻은 눈을 털며 조금 서 있자 어디선가 싸이렌이 울었고 그리고 문이 열렸다. 마트에서 만난 노파가 희미한 불빛 아래 서 있었다. 나를 기다리고 있었던 모양이다. 노파는 흐릿한 불빛이 가랑비처럼 내리는 복도 속으로 걸어 들어갔다. 나는 그 뒤를 말없이 따랐다. 노파가 말했다.

지금 극장으로 가네. 집이 극장일세. 미시마 유끼오를 아시는가? 오늘밤 그분의 할복자살을 관람하게 될 걸세. 필름이 아니고 극으로, 배우들이 하는 게 아니고, 본인들이 직접 하네.

어둔 객석엔 기형도가 혼자 앉아 있었다. 언뜻 내 눈에 비친 그의 짝짝이 눈썹으로 알 수 있었다. 그러나 그가 죽은 29세의 젊은 모습인지 아니면 나이가 들어 55세의 중년인지 그건 알 수 없었다. 단지 알 수 있는 건 아직도 그의 곁을 떠도는 슬픔의 기류였다. 노파는 말없이 객석에 앉았다. 나도 말없이 앉았다. 표를 내고 극장에 들어온 관객처럼 자연스럽게 행동하려했지만 몹시 떨렸다.

곧 일본천황의 항복서가 들렸다. 그리고 무대에 흐릿한 각광이 비쳤다. 일본군 패잔병이 부상당한 다리를 질질 끌며 무대로 나왔다. 미시마의 친한 친구인 작가 하수다였다. 그는 말했다.

난 지옥에 방금 다녀왔다. 죽을려면 젊었을 때 죽어야 해.

하수다는 목을 매달았다. 순간 나는 내가 찾는 실마리를 본 듯했다. 그러나 30량의 은전을 내팽개치고 목을 맨 30살의 유다가 하수다와 겹쳐져서 그 실마리를 놓쳤다. 그렇다, 세상은 무대고 우리들은 배우다. 그러나 제 역을 알고 연기하는 자들과 알지못하고 연기하는 자들로 나누어진다. 유다와 하수다는 어느 쪽에 속할가?

미시마가 무대로 뛰쳐나와 공중에 대롱거리는 친구의 두 다리를 껴안고, 뱀도 서리가 내려야 동면하고, 코스모스도 서리가 내려야 몰살하는데 , 자넨 뭐가 그리 급했느냐고, 배당받은 제 울음도 울지 않고 목숨을 끊었느냐고 원망하며 통곡했다. 나는 기형도의 반응이 궁금해 고개를 돌렸다. 잘가거라, 언제나 마른 손으로 악수를 청하던 그대여, 기형도가 자기의 비가를 읊조리고 있었다. 그는 순간 미시마가 이해못하는 하수다의 서리가 무엇인가를 누구보다 잘 알고 있는 듯했다.

패전 후, 친구는 자살했지만 미시마는 자기의 동성애를 소재로 한 소설, 「가면의 고백」으로 명성을 얻기 시작해 노벨상 후보에 3번이나 오르는, 특히 서양인들이 숭앙하는 유명작가가 된다. 야스나리와 절친이 된다. 애석하게 그에게 노벨상을 뺏긴다.

　1970년 11월 25일, 5명으로 구성된 자기 동맹단체를 끌고가서 군부대를 장악한다. 군인들에게 황제복귀를 위한 성명서를 발표하며 쿠데타를 일으키자고 선동한다. 반응은 오직 조소와 야유다. 미시마는 웃통을 벗고 있었다. 혈기에 차 있었다.

　잠시 불이 꺼졌다 다시 켜졌을 때, 군부대 대장의 사무실에서 미시마의 세푸쿠가 행해지고 있었다. 절명 시詩를 썼지만 관객엔 보여주지 않았다. 분명 '방법이 없을가?' 는 아닐 게다. '이게 내 방법이다!' 일 게다. 미시마는 단도로 자기 배를 갈랐다. 쏟아지는 내장을 막은 헝겊을 움켜잡고 앞으로 고꾸라졌다. 그리고 고통에 몸부림쳤다. 생을 완벽하고 성숙한 형태로 끝낼려면 생의 어느 한 귀퉁이는 반드시 잘라버려야 한다. 미의 추구도 공포로 질러대는 소리죽인 비명이다. 세계문학의 정상에서, 인생의 정상에서, 자기 죽음의 때를 선택한 미시마라는 인간은 분명 생이 추구한 미의 아무나 도달할 수 없는 정상이었다.

　미시마의 연인 모리타가 미시마의 목을 내리친다. 실패한다. 또 내리친다. 또 실패한다. 모리타는 사색이 되었다. 다시 실패했을 때, 자기 카이샤쿠닌으로 내정된 코가에게 부탁한다. 코가는 검객이라 단숨에 미시마의 목을 베었다. 미시마의 처절했던 몸부림이 드디어 멈췄다. 미시마의 세푸쿠 뒤를 따른 모리타의 세푸쿠는 간단히 끝났다.

어쨌든 미시마의 세푸쿠가 무엇인지 물어서는 안되었다. 미궁의 미로의 그 오리무중의 벽을 허물어 살아 있는 생 눈에 인생행로의 끝을 까발겨 보여주는 잔인한 짓이라해도, 또는 미로의 속살을 찢어발기어 그 숨겨진 핏줄의 길을 우리들에게 신의 허락없이 감히 무례하게 밝히는, 범부의 이해와 동정을 거부한 극치를 노린 미학이라해도, 다른 탄생을 시도를 노린 계산된 죽음의 미학이라해도, 나는 입을 다물어야 할 것 같았다. 한 인간이 자기 생의 주인일 때, 그 인간은 또한 자기 죽음의 주인이기 때문이다. 그가 죽기를 원하면 그는 그를 죽인다고 나는 어느 위대한 작가의 글에서 읽었었다. 내 가슴에 순간 울컥 치밀어 오르는 어떤 그리움이 있었다. 마침 그때, 공중의 거미줄에서 거미 한 마리가 낙상해 무대 위에서 방향을 잃은 듯 갈팡질팡 꿈틀댔다. 나는 갑자기 스콜피온이 되었다. 각수에 달린 집게를 펴며 무대로 올라가 내 잊은 기억의 실마리로 보이는 거미를 물려고 했다. 그때 기형도가 말했다.

그 어느 누구도 자기의 극을 모방하거나 훔치거나 탐낼 수 없게 각본을 쓰고 연출하고 연기하고 공연한 이 미시마의 세푸쿠 극은 일년 전에 씌어진 각본이지요. 히로히토는 퇴위해야 된다, 그리고 전사자들을 책임져야 한다는 주된 새물결의 국가주의자들을 미시마는 미워하긴 했지만 모든 게 그의 자살을 위한 각본의 장식에 불과하지요. 단원 3명의 재판비용까지 비장해 놓았었지요.

그랬었다. 철저하게 짜여진 각본이었었다. 자기 인생을 자기 무대에 올려 자기 각본대로 상연했다. 신이나 운명이나 유령이나 마녀의 것도 아닌 자기의 것으로 상연했다. 감히 누가, 미시마의 도전이었다. 신은 제 몫을 다한 유끼오 미시마라는 한 인간을 그 인간의 뜻을 그 인간의 소망을 막을 수도 없었고 막고 싶지도 않았을 게다. 때를 바로 아는 인간은 아마 신에게도 무서운 존재일 것이다.

어쩌면 기형도도 각본을 미리 써놓았을 것이다. 그의 시는 그의 요절을 예고하는 성명서였고 유서였다. 3시 30분의, 곧 동트는 새벽을 거부하고, 아직 야밤인 때에 자기의 죽음을 극장에서 상연했다. 제목: 나는 인생을 증오한다. 그도 각본을 쓴 순간 미시마처럼 그의 죽음도 미지의 미래가 아니라 돌이킬 수 없는 과거, 단지 형상화를 기다리는 과거가 되었다.

이제 나는 알 것 같았다. 내가 잊고 있는 게 무엇인가를. 나도 내 죽음의 각본을 오래 전에 미리 써놓았었다. 그런데 너무 오래 지체하다보니 깜빡했던 거다. 무슨 이유로 그렇게 오랜 세월동안 내 각본의 상연을 연기시키고 있었을까? 죽을 수 있는 능력이 없어서였을가? 아니면 슬픔을 느낄 줄 아는 내 재능에 빠진 나르시서스라서? 아니면 아직도 내가 찾는 미를 찾지 못해서? 아마도. 만약 아직도 울어야 하는 울음이 있다면 그건 무엇일가? 이제 박제된 생의 울음소리를 들을 수 있는 능력이 쇠퇴해지고 있다. 내 언어들은 이제 시체로 썩기 시작할 게라는 공포는 나에게 지금 종이, 새가, 그게 노래이든 울음이든 누구를 위한 것인가를 나로하여금 나를 위한 것이라고 알려주고 있었다.

침묵이 장내에 흘렀다. 앎이 기억이라면 분명 모름은 잊고 있다는 말일게다. 너무 오랫동안 잊고 있었다. 부조리였다. 기형도에게 질투가 힘이었다면 내겐 비조리, 부조리가 힘이었다. 그래서 나는, 나는 언제부터 죽지 않게 되었을까로 회의하며 살고 있었다. 다시 무대에 불이 켜졌다. 죽음을 한꺼번에 너무 많이 만나 어린 나이에 죽음의 주인나리가 된 소년의 얘기를 아름답게 쓴 야스나리가 가스를 틀어놓고 자살한다. 미시마가 자살한 뒤 300일간 미시마의 귀신에 홀려 악몽에 시달리며 살았었다. 미시마가 죽은 지 일년 후였다.

극이 끝났다. 배우들도 관객들도 모두 어둔 객석에 앉았다. 침묵이 흘렀다. 아무도 입을 여는 사람이 없었다. 그렇게 또 한 필의 삼베 길이처럼 긴 시간이 흘렀을 때 노파가 말했다.

오늘 기형도 극장에 초대된 이 특별관객은 낮에 마트에서 만났지요. 살아 펄떡대는 가오리를 바둑알처럼 조각을 내어 달라고 상인에게 부탁하더군요. 독침 숨긴 꼬리도 버리지 말고 달라고 했어요. 암튼 무얼 찾아 헤매는 눈치로 안타까워 보여서요. 아, 벌써 3시입니다. 관객은 3시 30분 전에 반드시 극장을 나가야 하시네.

공연도중 무대로 기어오르는 전갈 한 마릴 봤는데 당신이 혹시 내 자살을 먹이로 물려고 하지 않았소? 미시마가 물었다.

저도 제 죽음의 각본을 미리 써놓았는데, 오래 지연시키다

보니 깜박해서…… 나는 작은 소리로 대답했다.

진실의 반대어는 거짓이 아니고 망각이지요. 기형도가 말했다.

별자리가 전갈자리인 당신에게 자살에의 망각은 쉽게 허용되지 않았겠지요. 동물 중에 자살하는 건 전갈밖에 없지요 아마?

암튼 기억을 찾아 다행이요, 미시마가 말했다. 그리고 덧붙였다.

내 각본에 없지만 오늘밤 우리 극단에 입단하지 않겠소? ✸

이목연

원주 출생. 1998년 『한국소설』에 「악어새의 외출」로 신인상 수상 등단. 단편집 『로메슈제의 향기』 『꽁치를 굽는다』 『맨발』. 김유정소설문학상, 인천문학상 수상.
e-mail:topnvmy@hanmail.net

자동문

"엄마, 빨리 가자."

어머니가 열리지 않는 승강기의 문을 지팡이로 두드린다. 복도 창으로 들어온 석양이 짧게 자른 흰 머리카락 위에서 붉다. 틀니를 뺀 합죽한 입은 연신 무슨 말인가를 씹고 있다. 젊은 시절, 너무나 반듯해서 모시기가 고됐던 어머니는 이제 나의 딸 노릇을 하는 중이다.

승강기가 열린다. 텅 빈 공간 앞에서 아흔 살의 아이가 주춤 물러선다. 늘 그렇다. 집을 나가자고 성화를 대다가도 낯선 공간 앞에 서면 두려워 나를 찾는다.

겨우 승강기에 오른 어머니가 거울 앞으로 다가선다. 생전 처음 보는 이를 보듯 당신 얼굴을 들여다본다. 빙글빙글 돌던 어머니의 눈동자가 거울 속에서 멈춘다. 어머니가 먼 곳으로 떠나는 때다. 4대 독자, 아들을 낳던 무렵을 여행하는 중일까, 아들을 먼저 보낸 후 꼿꼿한 자세로 앉아 「광명진언」을 외던 스무 해 전 시절을 더듬고 있는 것일까. 아니면 더 먼 곳으로 돌아가 당신이 꽃 같던 시절을 찾고 있는 것일까. 13층에서 1층 공간이동을 하는 사이 어머니의 얼굴은 어두워졌다간 환해지고, 찡그렸다가 활짝 웃으며 시간여행을 한다.

도착음이 들리고 승강기의 문이 열리지만 어머니는 알아채지 못한다.

"어머니, 내리셔요"

하지만 어머니가 현실로 돌아오려면 조금 더 기다려야 한다. 문이 열린 공간과 시선을 맞춘 어머니는 오히려 한 걸음 물러선다. 이제는 저 바깥공간이 낯선 거다.

열림 단추에서 손을 떼는 순간 승강기 문은 빠르게 닫힐 것이다. 거동 불편한 노인을 부축하며 닫히는 문을 빠져 나가기가 두렵다. 사람들이 편리하다고 만들어 놓은 자동문. 하지만 절로 움직인다는 '자동'과 소통하는 방법은 평생을 살아도 만만하지가 않다. 아무개야, 부르면 달려오던 아이들이 모든 일을 대신해 줄 거라며 손에 쥐어주고 떠난 휴대폰도 마찬가지다. 그 작은 기계 속 숫자는 꿈속에서조차 잘 눌러지지 않는다.

그저 숨만 쉬면 살 것 같던 이승의 삶. 이 역시 자동으로 입력되어 있을 터. 하지만 그걸 따라 사는 것도 쉽지 않았다. 마지막 저승 가는 문도 그럴 것이다. 소통이 되지 않는 자동문은 예고도 없이 활짝 열릴지도 모른다. 그나마 이 문엔 도착음도 열림 단추도 없지 않은가.

나의 두려움을 알아 챈 듯 어머니가 내 손을 꼭 잡으며 울상을 짓는다.

"엄마, 가지 마."

이서수

2014년 『동아일보』 신춘문예 소설 「구제, 빈티지 혹은 구원」 당선. e-mail:bluebell0313@naver.com

멋진 레스토랑

이층으로 손님들이 올라오면 그는 머뭇거리며 다가가 묻는다.

몇 분이세요?

손님들은 대개 우물거리며 대답을 피하다가 자기들이 알아서 빈자리를 찾아 앉는다. 그러면 그는 머쓱한 표정으로 멀뚱히 서 있다가 자기 자리로 돌아간다. 그의 자리에는 당연히 의자가 없고 불쾌한 냄새마저 피어오른다. 그는 손님들이 직접 알아서 하게 되어 있는 거추장스러운 뒤처리를 돕고, 쓰고 있던 베레모를 살짝 들어 올리며 정중히 인사까지 한다.

안녕히 가세요. 또 오십시오.

그는 적갈색 앞치마를 두르고 있는데 온갖 음식 찌꺼기가 묻어서 몹시 더럽다. 그럼에도 셔츠는 단정하게 갖추어 입었고 나비넥타이까지 매고 있다. 그는 자주 나비넥타이를 만지작거리는데 불편해서가 아니라 뿌듯해서였다. 또래 중에서 나비넥타이를 매고 일하는 사람은 그밖에 없다. 또래뿐만 아니라 그의 자식들도 넥타이를 매고 일하는 직업과는 거리가 멀다.

그의 손자는 이제 열 살이 되었는데 열 살이나 먹었음에도 불구하고 아직 순수함을 간직하고 있다. 그건 그 아이에게 스마트폰이 없고, 그 아이가 살고 있는 집에 컴퓨터가 없기 때문이었으나 어쩌면 성품이 그를 닮아서인지도 모른다. 손자는 제 부모보다 그를 더 따랐는데 그가 일자리를 얻고 나서부터는 매일 밤 그를 기다린다. 그는 집으로 돌아와 기름 냄새가 밴 머리와 몸을 씻고, 내복 차림으로 손자가 미리 깔아놓은 이불 속으로 들어간다. 그때부터 손자는 오늘 그 **멋진 레스토랑**에서 무슨 일이 있었는지 질문을 퍼붓기 시작한다.

오늘도 손님들이 고마워했어요?

그럼. 그들은 워낙 정중한 사람들이라 두 손으로 쟁반을 건네준단다.

고소한 냄새는 여전하고요?

가득 차 있지.

배부른 사람들도 여전히 많이 오지요?

신기하게도 그렇구나. 그들은 절반이나 남기고 아무렇지도 않게 그걸 버리지.

케첩은요?

저기 가방 안에 있단다.

그의 손자는 가방이 놓여 있는 장롱 앞으로 기어간다. 누군가 내다버린 쓰레기 사이에서 발견한 낡은 서류가방이다. 손자는 가방 안에서 일회용 케첩을 꺼내든다.

오늘도 두 개네요.

그 이상은 욕심이야.

훔치는 건 아니잖아요.

그래도 그건 배고픈 다른 사람들에게 필요한 거니까.

배부른 다른 사람들이겠죠.

그는 손자의 얼굴을 힐끔 쳐다본다. 손자도 자신이 뱉은 말에 놀란 듯 입을 조금 벌리고 있다.

그런데 계란이 또 없어요.

손자는 시무룩한 얼굴로 이불을 코밑까지 끌어 덮는다. 손에는 케첩을 움켜쥐고 있다.

멋져요. 저도 어른이 되면 그런 곳에서 일할 수 있을까요?

그는 가슴 한 구석이 먹먹해져서 아무런 대답도 하지 않는다. 손자는 까무룩 잠이 들었다가 화들짝 놀라서 깨더니, 손에 들고 있던 케첩의 입구를 뜯어서 빨아먹기 시작한다.

버리는 것들은 우리가 먹을 수도 있을 텐데요.

그건 규정상 안 되는 일이야.

그의 손자는 입가에 붉은 케첩을 묻힌 채로 잠이 든다. 그는 손자의 손에 들린 케첩을 빼내어 머리맡에 놓은 뒤 휴지를 뜯어서 손자의 입가를 닦아준다. 잠들기 직전에 그는 뜬금없게도, 제가 하겠습니다, 라는 문장을 떠올린다.

대학생으로 보이는 커플이 그의 자리로 다가온다. 그는 손을 뻗으며 다급하게 말한다.

제가 하겠습니다.

여학생은 쟁반에서 손을 떼지 않는다. 심지어 쟁반을 빼앗기고 싶지 않은 듯 힘주어 잡아당긴다.

종일 서 계시는 거 봤는데 힘들지 않으세요?

그는 대답 대신 눈을 끔뻑인다.

여기 계속 서 계셔야 하는 거예요?

남학생도 그에게 묻는다. 그는 갑자기 혼란스러워져서 식은땀이 흐른다. 다시 두 손을 뻗어 쟁반의 한쪽 끝을 잡으며 말한다.

제가 하겠습니다.

다리 아프지 않으세요?

휴식 시간이 언제예요?

느닷없는 질문공세에 그는 점점 심장이 졸아든다. 매니저가 이층에 있다. 그는 이층의 좌석배치가 효율적이지 못하다고 생각하며 이리 저리 테이블을 옮겨보고 있다. 매니저를 힐끗 쳐다보던 그가 다시 힘주어 말한다.

제가 하겠습니다.

여학생은 눈을 동그랗게 뜨더니 마침내 쟁반을 잡고 있던 손의 힘을 빼기 시작한다. 그는 잽싸게 쟁반을 받아들고 능숙한 솜씨로 음식물을 버리고, 컵을 비운다. 커플은 마침내 포기하고 계단을 내려간다. 그는 베레모를 벗고, 평소보다 더욱 허리를 굽힌 자세로 말한다.

안녕히 가세요. 또 오십시오.

매니저가 그의 곁을 지나 계단을 내려간다. 그가 보기에 매니저는 어딘지 모르게 화가 나 있는 것 같다. 그는 몹시 긴장하여 지금 당장 무언가를 해야만 한다고 생각한다.

안녕히 가세요. 또 오십시오.

매니저가 의아한 표정으로 그를 돌아본다. 그의 얼굴이 굳어간다. 그러나 이 **멋진 레스토랑**에서 일하길 꿈꾸는 손자의 얼굴을 떠올리며, 억지로 미소를 짓는 수밖에. ⸙

이원준

서울 출생. 서울예술대학교 문예창작과 졸업. 1991년
『현대시세계』로 등단한 시인, 소설가. 『행복한 씨앗』
『흔들림 또한 우리가 살아가는 한 모습이다』 『권정
생』 『김오랑』 『김구』 『이상』 『노먼 베쑨』 『넬슨 만델
라』 『정약용의 편지』 외.
e-mail:jjun63@naver.com

소쩍새 제대로 울었다

Q가 깨어 있는 시간이 많아졌다.

창밖 생태공원 산책로 사람의 물결과 엇갈려 걷던 A 때문이다. 함께 나란히 하면 거치적거린다고 판단해서였을까.

사실 처음에는 산책로가 좁게 보였다. 다른 용도였는데 발길이 닿자 만들어진 길이 아닐지 잠깐 상상했다. 루쉰의 말대로 원래 이 땅에는 길이 없었지만 누군가 먼저 가고 뒤따르는 자들이 늘어나 생긴 것이라고.

막상 그곳에 가보니 어른 두셋이 손잡고 지나도 좋을 공간이다. 누군가 개척한 길 같지는 않다.

사람들은 한 방향으로만 걸었다. 동네에서 생태공원으로 연결된 길목은 두 군데다. 약수터로 이어진 왕래가 잦은 오솔길 쪽이 입구, 벤치가 있는 한적한 쪽이 출구가 돼버렸다. Q가 서성이는 창에서 보자면 왼쪽에서 오른쪽으로 흐른다.

A의 출현으로 암묵적인 질서가 흔들렸다. 그는 오른쪽에서 왼쪽으로 지난 것이다. 익숙함에 젖어 있던 공중의 정서는 그를 장애물로 여겼다. 행여 해코지로 달려들까 흠흠 놀라기도 한다. 그는 개의치 않고 물살 가르며 씩씩 간다. 다만 활갯짓

의 다른 사람들과 달리 겨드랑이에 양손을 파묻은 채다. 약수
터 품은 산 뒷덜미쯤에서 소쩍새가 "엇쭈! 엇쭈!" 울었다. 그
렇게 들렸다.

시간이 지나도 여전히 A를 아웃사이더 취급했다. 두툼한
뱃살 돌려 막 지나친 뒤통수에 손가락을 꽂는다. 서로 부딪쳐
시비 붙는 일은 없어도 창가에서 바라볼 때 이질감은 또렷하
다. 당사자들과 달리 광경이 한눈에 들어와서다.

몇몇이 A와 같이 역행하기 시작한 것은 얼마 후다. 처음에
는 에멜무지로 따라했으리라 봤는데 하루하루 그 수가 늘어
갔다. 그의 모습이 뜸하다 이사 갔는지 영구 삭제됐어도 마찬
가지다. 나름대로 재미든 효과든 있었으리라. 물론 끝내 전향
하지 않는 쪽도 있어 결과적으로 반반이다.

A의 저의는 알아낼 수 없었지만 달라진 것은 있다. 얼굴 마
주하는 일이 잦아져 이른 아침부터 주고받는 안부의 말소리
들이 Q의 귀를 두드린다. 창문을 열면 기다리는 햇살이 바글
바글하다. 산새들이 밑줄처럼 날았다. 그렇게 보였다.

새로운 한 방향이 되어 흐르다 다시 침묵할지 몰라도 일단
분분하다. 그 덕분이다. 대부분 뒤끝이 뭉툭한 늦잠에 묶여
간밤에 연연하거나 끊어진 필름인 낮잠과 뒹구는 일이 사라
졌다.

Q는 변화된 자신의 모습에 반감은 없다. 이따금 새로운 노
선의 그들과 걸으며 평범한 일상으로 받아들인다.

깨어 있는 시간, Q는 오랜 만에 메모를 한다.

〉

그가 벗어 놓은 그림자로 다가가자 내 몸이 얼추 들어맞는다.

날개의 싹이 있을지 몰라 팔짱을 끼고 더듬는 일이 즐겁다. ⸙

이은선

2010년 『서울신문』 신춘문예 등단.
e-mail:altjs1687@hanmail.net

스마트소설
박인성
문학상 후보작

무광동굴 가이드

　그쪽으로 가시면 안 돼요! 자, 기운들 내시고… 네? 아, 그럼 여기서 잠깐 쉴까요? 여자분들 화장실은 우선 저 바위 뒤로 하시고 남자분들은 바위에서 최대한 멀리 떨어져서 각자 해결들 하세요. 우리 여기서 삼 분만 쉬었다 갑니다. 계속 말씀 드리지만, 동굴에서는 절대 담배 피우시면 안 됩니다.

　저기, 임철오 씨? 자꾸 그렇게 아무데나 들어가시면 돌아 나오는 길을 찾지 못할 수가 있어요. 아니, 동굴에 들어와서 계속 섬에 가고 싶다고 말씀하시면 어쩝니까. 다른 분들은 볼 일 다 보셨나요? 이곳은 종류석과 석순이 미처 만나지 못한 곳인데요. 다들 아시다시피 석순은 백 년에 1센티씩 자랍니다. 천장에서 떨어지는 물속에 있는 미네랄과 여러 광물질들이 바닥의 돌에 쌓이고 쌓여 이렇게 올라오는 거지요. 저기 좀 보세요. 돌이 말랐지요? 예, 맞습니다. 죽은 거에요. 팔백 년만 더 자랐으면 만났을 텐데 아쉽기 짝이 없어요. 팔백 년이 길다구요? 이 동굴 자체가 언제 생겨난 건지, 아직 연대기 파악도 채 안 된 어마어마한 곳인데 겨우 팔백 년 갖고들 그러십니까. 여기 동굴에서 팔백 년 정도는 어디다 이름도 못 내미는 사랑이지요. 자, 애기들의 못다 한 풋사랑을 보셨으니 이번엔 막 이루어진 사랑을 보시겠습니다. 종유석과 석순이 드디어 만났어요, 여기는! 모두 이 후레쉬 불빛을 따라와 보세요. 이보세요, 최수천 씨? 거기서 혼자 뭐하시는 겁니까? 집중하세요! 뭐라구요? 동굴이 고래뱃속 같다구요? 하! 그러게나 말입니다. 하지만 고래뱃속이라도 정신만 잘 차리면 살아나갈 수 있지 않겠습니까. 자, 다시 집중해 주시고요.

사랑에 한창인 이 신혼부부는 석순이 만 오천 년 정도 커온 거고, 종유석은 삼만 년 정도 뻗어 내려온 거예요. 참 징한 사랑이죠? 여러분! 제 말 좀 들어주세요. 그 명찰 좀 제대로 다시고요! 제가 저기 아저씨, 하는 것보다 존함을 불러드리는 게 더 낫지 않습니까, 서연채 씨? 네? 그렇지요, 이 동굴 자체가 거대한 그, 뭐시냐, 그… 미메… 아, 미메시스! 미메시스의 힘이지요. 제가 소싯적에 신화 공부 좀 했습니다, 하하. 저것은 천장에서 홀로 내려온 종유석의 짝사랑이 끝내 이루어지지 못한 곳입니다. 서연채 씨는 저기 저 천장에 바짝 마른 돌이 보이시나요? 짝사랑만 하다 죽은 돌이에요. 이십칠만 년 전부터 사랑을 해왔는데, 하필 석순이 자라고 있지 않은 땅에 내려왔어요. 이 사랑도 참…. 여러분 여기서 십 미터만 더 내려가면 아주 거대한 종유석이 쓰러져 있고 그 밑으로 다시 자라나는 사랑을 보실 수 있습니다. 네? 뭐라고요? 그쵸. 아주 질긴 사랑이지요. 그렇게 보면 이 동굴 전체가 사랑으로만 이루어진 동굴이라 할 수 있다 이 말씀이에요. 그럼 이게 천연 모텔

이게요? 그렇다고 괜히 혼자서 이상한 상상하면서 웃지들 마
세요. 어헛, 동굴에서는 절대 담배 안 된다니까요 이전록 씨.
아니 이 동굴 안에 앉아서 담배 필 의자가 어디 있겠습니까?
여기 이 여자분, 윤선희 씨 좀 보세요. 얼마나 집중력이 좋습
니까? 윤선희 씨야말로 제대로 된 동굴 구경꾼의 자세를 갖고
있는 거지요. 저렇게 다녀야 동굴 속에서 보물 지도를 찾을 수
있는 가장 유리한 고지에 설 수 있는 겁니다. 다들 그렇게 웃
지만 마시고 모두 발밑을 잘 보세요. 뭐가 반짝, 하고 빛날지
모른다니까요! 거듭 말씀드리지만 저를 잘 따라주셔야 제 시
간에 동굴을 보고 나가실 수 있어요. 허, 참. 그런데 알만하신
분들이 이러시면 되겠습니까? 절대로 담배 안 된다니까요 이
전록 씨!그런데 주인 성씨는 아까부터 왜 그렇게 자꾸 웃으시
나요? 제가 하는 말이 웃기십니까? 자꾸 그렇게 구보 씨처럼
돌아다니시면 안 돼요. 여긴 혼자서도 구경이 가능한 영화관
이 아니란 말입니다!

　자, 이쪽으로들 오시지요. 지금부터는 불빛이 전혀 없는 곳
입니다. 제 후레쉬 불만 보고 따라 오셔야 해요. 저기, 저쪽에
혼자 엎드려 계신 분은 누구시지요? 지금 토하시는 거에요,
김도현 씨? 제가 어젯밤에 그렇게 술 많이 드시지 말라고 신
신당부를 하지 않았습니까. 동굴에서는 기압이 낮아 마신 술
이 바로 올라온단 말입니다. 아니, 갑자기 토하다 말고 왜 소
를 찾나요, 소를! 혹시 집에서 소 키우시나요? 저기, 여러분은
이쪽에서 잠깐만 기다려 주시지요. 혹시 물 남으신 분 있으세

요? 또 울렁거리시는 분 또 계시면 숨을 몰아쉬지 마시고 작게, 작게 숨을 나눠 쉰 다음 천장 쪽을 올려다보세요. 김도현 씨, 괜찮으세요? 아이코, 여기 소가 어딨습니까! 그러기에 어제 술 좀 적당히 드시라니까!

자, 다시 출발하겠습니다. 최두선 씨 왜 손 드셨어요? 뭐 궁금한 거라도…. 아, 이 동굴에도 이끼 같은 식물이 있지요. 그런데 지금은 불빛이 없어서 이끼를 보기가 힘듭니다. 혹시 동굴 이끼 좋아하시면 제가 오십 불에 화분 하나 정도는 구해 드릴 수는 있습니다만. 특별히 싸게 드리는 거니 어디 가서 말씀은 하지 마시구요, 이번 기회에 동굴 이끼에도 꽃이 피는지 한번 구입을 하셔서 찬찬히 살펴보시지요.

이것은 십칠 센티쯤 컸으니, 천칠백 년 된 석순입니다. 우리가 몇 번을 죽고 다시 태어나야 저 석순이 천장에서 내려온 것과 만날 수 있을까요? 조금 더 들어가시면, 종유석이 마치 용처럼 승천했다 해서 황룡굴이라 이름 붙인 곳으로 갈 건데…. 어, 어라. 그, 그런데 여기가, 어디지?

…이 길이, …아닌가? ✣

임성순

2010년 소설 「컨설턴트」 제6회 세계문학상 수상으로
등단. 『문근영은 위험해』 『오히려 다정한 사람들이
살고 있다』.

세상의 끝

이상하게 들리겠지만, 세상의 끝은 서대문구에 있다. 그리고 그곳으로 들어가는 입구는 낡은 시민아파트의 현관문처럼 생겼다. 나무로 된 현관문은 누군가 술을 먹고 걷어찬 듯, 아래쪽이 움푹 들어가 있을 뿐, 어두운 복도에 늘어선 현관문들과 특별히 다를 것 없다. 현관문의 가운데에는 A4용지 한 장이 붙어 있는데, 종이에는 '경고'로 시작해 '출입금지' '철거예정' '법적인 책임' '최종기한' 등의 단어가 적혀 있다. 그것이 세상의 끝이다.

나는 부식되다 못해 더께처럼 무언가 달라붙어 있는 문의 손잡이를 돌렸다. 열릴 것이라 기대하지는 않았지만 문은 거짓말처럼 복도 전체가 울릴 정도로 요란한 소리를 내며 열렸다. 그 소리는 세상의 끝이 열리는 소리처럼 들렸고, 그래서 기분이 좋았다.

현관에서는 짝 잃은 붉은색 운동화 한 짝이 날 반겼다. 처음에는 아디다스 운동화라 생각했는데, 신발을 바로 세워 깔창을 보니 (그것은 해변으로 밀려온 고래 마냥 쓰러져 있었다) 아디오스라

적힌 짝퉁이었다. 그것은 세상의 끝에 어울리는 인사법이었
다.

거실은 텅 비어 있었고, 깔려 있는 회녹색 장판은 가운데가
움푹 찢어져 있었다. 눌린 장판 자국과 쌓인 먼지 자국으로 나
는 원래 자리에 있었을 가구와 냉장고의 모양을 짐작할 수 있
었다. 세상의 끝에 살았던 마지막 원주민은 125리터 냉장고와
낡은 소파, 한 단짜리 TV 장식장과 브라운관 텔레비전이 있었
다. 그리고 아마도 의자를 끌고 다니는 좋지 못한 버릇이 있던
모양이다. 세상의 끝은 죽은 독재자의 시절에 만들어졌고 열
네 평에 지나지 않았으므로, 어쩐지 나름 어울리는 것 같았다.
다만 거실 귀퉁이의 피아노의 그림자가 어울리지 않았다. 피
아노와 피아노 의자가 눌린 장판 자리에는 거짓말처럼 갈색
벽지의 원래 색인 베이지색 벽지가 피아노 모양대로 그림자
처럼 남아 있었다. 피아노의 주인은 어디로 간 걸까? 자신이
세상의 끝에 살았다는 걸 알고나 있을까?

나는 문간방에 들어가 문틀을 확인했다. 흔하디흔한 적갈
색의 나무 문틀에는 칼로 판 자국 몇 개가 검은 먼지가 낀 채
변색되어 있었다. 내가 이곳에 찾아온 것은 이것 때문이었다.
나는 깊이 심호흡을 한 후, 문틀 옆 벽지를 조심스레 뜯었다.
그녀의 이름이 나온 것은 다섯 번째 벽지를 뜯었을 때였다. 20
년 전 그녀는 내 허리 정도의 키였으며 1년 동안 한 뼘이나 자
랐다.

"내가 너와 헤어질 수밖에 없는 이유는 내가 세상의 끝에서

도망쳐왔기 때문이야."

알몸의 그녀는 콘돔에 담겨 있는 정액을 확인하며 이렇게 말했다. 그리고 그것을 휴지통에 던져버렸다. '퉁' 하며 플라스틱 휴지통이 울었다. 그 후 오랫동안 세상의 끝을 상상했었다. 상상 속에서 그곳은 늘 고요했다. 직접 와 본 세상의 끝은 중장비의 소음으로 시끄러웠다.

이상하게 들리겠지만, 세상의 끝은 서대문구에 있다. 그리고 지금 막 포클레인에 외벽이 무너지고 있는 중이다. ✈

정세랑

2010년 판타스틱으로 등단했다. 장편소설 「덧니가 보고 싶어」와 「지구에서 한아뿐」이 있다.
e-mail:snare@naver.com

남대문 안경

브리타 훈겐은 최고의 안경 모델이었다. 짙은 머리색, 오각형의 얼굴, 언제나 호기심이 많아 보이는 표정은 안경을 썼을 때 가장 빛났다. 눈썹뼈와 코와 뺨의 접하는 각도 같은 것이 어떤 종류의 안경을 써도 가장 이상적으로 어울리도록 특별했는지도 모른다. 안경을 쓴 브리타는 눈길을 확 끌 정도였지만, 막상 안경을 벗으면 다소 평범해지는 얼굴이었다.

대체 저 소의 주인은 누구인가 싶게 소들이 돌아다니고, 주택가 뒤엔 바로 양 떼가 있는 그런 네덜란드의 작은 마을에서 자랐기 때문에 브리타는 자신이 최고의 안경 모델이라는 걸 몰랐다. 마을은 작을 뿐 아니라 국경에 위치해 있었다. 벨기에와 독일과 네덜란드의 국경이 한 점에 만나는 곳에는 공원이 있었다. 선을 퐁당퐁당 뛰어넘으며 놀았다. 지금 난 네덜란드, 지금은 벨기에, 지금은 독일? 한 걸음마다 나라가 바뀌었다. 국경이 희미하고 즐거운 곳에서 자란 이답게 여행을 동경했다. 언젠가는 아주 멀리 여행을 가겠다고 결심했다.

안경 모델로서 브리타의 특별함을 발견한 것은 여덟 번째 남자친구였다.(세는 기준을 바꾸면 여섯 번째도 되고 열한 번째도 될 수 있다) 브리타가 대학에 다닐 때였다. 대학이 있던 도시는 아름 다운 운하로 유명하고 아동 포르노로도 악명 높은 극단적인 도시였다. 그래도 남자친구는 그 이상한 도시에서 건전하고 건강한 상업 사진을 찍으며 아르바이트를 했다. 단면이 싱싱 하게 잘린 피망이라든지 비 내리는 날의 박물관 뒤편 공원같 이 마트 전단이나 배경화면으로 쓰기 좋은 그런 부드러운 사 진이었다. 남자친구가 안경을 쓴 모습을 찍자고 했을 때 브리 타는 흔쾌히 허락했으며(뭘 벗으라는 것보다 입으라는 게 훨씬 낫고, 남자친구의 불편한 구석이라곤 하나 없는 사진을 믿었으므로) 심지어 수 익은 나누어주지 않아도 된다고 했다. 그 남자친구와는 짧게 사귀었고 어렵지 않게 헤어졌다. 그러므로 몇 년 후 파티에서 우연히 만난 그가 이렇게 말했을 때 브리타는 약간 놀랐다.

"그 사진들 글로벌 이미지 사이트에 올렸는데 많이 팔렸어. 56번이나 팔렸으니까."

브리타가 흥미를 보이자 옛 남자친구는 사용자들이 등록한 내용을 정리해서 보내줬다. 여러 나라에서 인쇄물로 사용되 었고 한국에선 무려 간판으로 쓰였다고 되어 있었다. 간판이 라니. 내 얼굴이 간판으로? 브리타는 마침 휴가 계획을 세우 던 참이었다.

브리타가 서울에 대해 착각했던 것은 무엇보다 규모적인 면에서였다. 브리타가 살아온 유럽의 소도시들이란 중심부는 20분이면, 전체적으로는 한 시간 반이면 가로지르는 크기였다. 브리타는 서울이 커도 얼마나 크겠어 하는 생각으로 왔다가 크고, 복잡하고, 충격적으로 못생긴 건축물들로 가득한 서울에 기가 질리고 말았다. 모든 여행자의 친구 구글맵이 아니었다면 간판을 제작한 회사도 찾지 못했을 것이다.

서로 영어가 능숙하지 않아서 한참 오해가 거듭되고 나서야 원하는 결과물을 얻을 수 있었다. 간판 회사 입장에서도 웬 외국인이 연락도 없이 무작정 찾아왔으니 당황스럽긴 했을 것이다. 사무실 두 개짜리 작은 회사는 덕분에 두 시간 동안 업무가 마비되었다. 문제는 시안과 완성된 간판의 사진은 남아 있는데 주소도 연락처도 없었다는 점이었다. 브리타가 당황해하자 간판 회사 사람들은 이 간판을 만들었던 게 벌써 몇 년 전이며 담당자는 퇴사했다는 사실을 바디 랭귀지로 알려주었다.(스몰 비즈니스, 스몰 비즈니스, 노 레코드, 노 레코드, 퀏, 퀏.) 브리타는 해상도가 별로 좋지 않은 간판 사진을 들여다보았다. 초록색 간판이었다. 직원이 친절하게 '남대문 안경'이라고 읽어주었다.

남대문은 관광 책자에 나와 있었다. 얼핏 계산해도 커버할 수 있는 면적이었다. 브리타는 자신감을 얻었다. 남산 쪽 게스트 하우스에서 가깝기도 했기 때문에, 다른 관광지로 나가는 길에도 매번 남대문을 통과했다. 오전에도 오후에도 저녁에도 밤에도. 남대문에는 안경점이 많았지만 그 안경점은 없었다. 결국 브리타는 간판 사진을 보여주며 여기가 어디냐고 사람들에게 묻기 시작했다. 몇 사람이 모여 브리타에게 설명해주었다. 남대문이 안경으로 유명하기 때문에, 남대문이 아닌 다른 곳의 안경점들도 남대문 안경이라는 상호를 쓴다고 말이다. 물론 설명은 길고 여러 언어로 이루어져 있었으며 답답함에 탄식이 끼어들었지만 상인들의 언어 감각은 간판 회사 사람들보다 훨씬 나았으므로 브리타는 알아들었다. 수색 범위가 갑자기 너무 넓어졌다.

친구가 필요해, 브리타는 생각했다. SNS에 한국 친구가 있으면 소개해달라고 올렸다. 금방 친구의 친구의 친구와 연락이 닿았다. 홍대에서 만나자고 했다. 관광 책자의 '젊은이들의 거리'라는 설명이 정확했던 모양이었다. 친구의 친구의 친구는 다른 친구들도 데리고 나왔다. 브리타는 한글을 읽고 싶다고 했다. 가르쳐줄 수 있겠느냐고 묻자 친구들은 '두 시간이면 충분하다'고 호쾌하게 장담했다. 정말로 두 시간 후에 브리타는 모든 간판을 다 읽을 수 있었다. 쭈꾸미 집과 항문외과의 간판을 읽고 브리타가 너무 기뻐했으므로 친구들은 웃었다.

다음 날 오전은 숙취로 아무것도 하지 못했다. 브리타는 오후에야 숙소의 공용 컴퓨터에 앉을 수 있었다. 브리타는 한국 포탈에 들어가서, 한글 자판으로 '남대문 안경'을 쳤다. 236곳의 남대문 안경이 나왔다. 친구들이 일러준 대로 거리의 사진이 직접 나오는 지도로 전환했다. 리스트의 3분의 2쯤 넘어갔을 즈음 브리타는 그 가게가 이미 망했는지도 모르겠다고 좌절하고 말았지만, 결국 뒤에서 두 번째 페이지에서 자기 얼굴이 새겨진 간판을 발견했다. 브리타는 의자에서 엉덩이로 뛰어올랐다. 한참 뛰다가 숙소에 다른 사람이 없어서 같이 기뻐할 수 없는 게 아쉬웠다.

다행히 서울이었다. 강을 건너 30분 정도 전철을 타야 했지만 말이다. 남대문이랑은 전혀 상관없는 곳에 있었다. 브리타가 출구를 잘못 빠져나와서, 브리타와 브리타의 얼굴이 새겨진 간판 사이에는 8차선 도로가 놓였다. 겨울에 찍혔던 거리 뷰 사진과 달리 풍성한 플라타너스 때문에 간판은 양끝이 가려 있었다. 그래서 나무 틈새로 브리타의 얼굴만 빼꼼 내다보는 형국이었다. 브리타는 흥분한 손으로 배낭에서 카메라를 꺼냈다. 별로 최신기종은 아니었다. 멀리서 한 번, 줌으로 한 번 간판을 찍으면서 브리타는 정신없이 웃음을 터뜨렸다. 지나가던 사람들이 저 외국인이 대체 뭘 찍으며 웃나 수상해하며 돌아보았다.

낡은 건물 3층에 위치한 안경점에 올라가서 점원들을 당황시킨 다음에, 브리타는 손가락으로 마음에 드는 안경을 점찍어 보였다. 조명 때문에 유리 진열대가 뜨거웠다. 안경을 꺼내준 점원은 브리타가 안경을 쓰자, "어어?" 하고 반신반의의 소리를 냈다. 브리타가 장난스럽게 웃자 점원이 "어어어어!" 하고 이번엔 확신의 탄성을 질렀다.

안경점 사람들은 브리타에게 큰 폭의 할인을 해주었다. 브리타는 그 안경을 아직도 잘 쓰고 있다. 안경 예쁘다고 어디서 샀냐고 누가 물어보면 남대문 안경, 하고 대답하고는 숨은 얘기를 더 물어주기를 기다린다. ✈

조수연

2014년 『강원일보』 신춘문예에 소설 「택배를 기다리는 동안」 당선. 현 치유의 글지도.
e-mail:jymtkfkd@naver.com

이명 耳鳴

　올해 겨울은 유난히 빨리 왔다. 창문 밖은 날마다 소란스러웠으며 내 집은 단조로운 일상 속에서 고요했다.

　소설을 쓰는 동안 오십 분마다 10분 쉬고, 하루 6시간을 자며, 배달시킨 분식으로 두 끼를 해결하고 40분 산책을 했으며, 시간은 쉬지 않고 흘러가고 있지만 어제와 오늘이 다르지 않았다. 영감이 떠오르기를 기다렸지만 떠오르지 않았고 급기야 어느 날부턴가 귀가 먹먹해 지더니 이명이 일었다. 나는 귀를 막거나 침을 꿀꺽꿀꺽 삼키며 몸부림을 치다가 도망치듯 집 밖으로 나갔다.

　나는 음울한 어둠속 도로에 차를 몰고 나왔다. 해안도로를 따라 길고 긴 바다를 보며 차를 몰다가 멈춘 곳은 벼랑 끝이었다. 그곳은 끊임없이 부딪치는 파도 소리에 파묻혀 있었고 밤바다에 잠긴 달빛은 제 빛을 잃어 사위는 어둑하기만 했다. 나는 차에서 내리지 않고 밤에서 새벽으로, 새벽에서 아침이 되는 순간을 별스럽지 않게 지켜보다가 결국 밖으로 나갔다.

　발밑에서는 강한 바람에 파도가 일렁이고 있었다. 하얀 포말이 무섭게 달려들어 벼랑에 부딪친 후 활처럼 휘어져 다시 바다로 돌아가기를 반복했다. 그곳에서 나는 작은 게스트 하우스를 운영 중인 한 부부를 알게 되었다. 뚜렷한 이유는 설명할 수 없으나 그들을 보면서 순간적으로 섬머셋 모옴의 레드가 스쳤다. 아마도 남자의 이국적인 턱수염과 여자의 물결처럼 흐르는 갈색의 긴 웨이브 머리 때문에 그래 보였는지 모를 일이다.

나는 그곳에 방을 잡고 하루만 머물다 다른 곳으로 이동할 예정이었으나 밤사이에 내린 폭설로 길이 막혀 3일을 꼼짝없이 그곳에서 보내야 했다. 첫날밤은 잠드는데 한참이 걸렸다. 아무도 살지 않는 것처럼 적막했으며 이명은 주기적으로 계속 일었다.

처음엔 그들도 어느 부부와 다를 것이 없다는 인상을 받았지만 시간이 지날수록 그들 사이에 흐르는 미묘한 파장을 감지했다. 남자의 걸음걸이는 불편해 보였고, 손을 쓰는 것도 자연스럽지가 않았다. 여자는 듣기만 할 뿐 말을 하지 않았다. 여자의 살갗에선 푸른빛이 감도는 듯했다. 실내에선 조명 탓으로, 밖에선 눈에 반사되어 그래 보일 것이라고 무심해지려 했지만 나도 모르게 자꾸 신경이 쓰였다.

둘째 날밤이었다. 밤은 포식자가 휩쓸고 지나간 심해처럼 적요했다. 빈 종이를 꺼내 들고 떠오르는 것이 있으면 무작정 받아 적기라도 해볼 작정이었으나 언어는 빈곤했고 상상력은 빈약했다. 나는 잡고 있던 종이 뭉치를 허공을 향해 던졌다. 종이는 어둠 속에서 팔랑 거리다가 바닥에 흩어졌다. 나는 왠지 모를 비탄에 젖어 밖으로 나갔다. 벼랑 끝에 서서 어두운 밤하늘의 달빛과 별빛, 수면 위를 흐르는 반짝이는 물결을 바라보며 숨을 들이 쉬자 가슴이 뻥 뚫리는 것 같았다. 먼 수평선을 바라보며 깊게 볼우물이 패이도록 깊이 담배를 빤 뒤 길고긴 숨을 날리는 순간이었다.

파도 속으로 유유히 걸어 들어가는 여자를 보았다. 산처럼 높다란 파도가 하얀 포말을 일으키며 몰려왔다. 파도가 부딪치는 찰나의 순간과 여자가 사라지는 곳에서 길고 긴 사이렌 소리를 들었다. 그것은 마치 이명처럼 하나의 음폭으로 신경을 자극하는 것 같아서 숨이라도 멎을 듯이 답답했다. 밤새 파도는 나를 향해 밀려오는 것 같았고 나는 깊은 심해 속으로 침잠하고 싶은 충동을 억눌러야 했다.

갑작스럽게 어둠이 걷히기라도 한 것처럼 푸른 새벽이 찾아왔다. 파도는 잠잠해지고 주변은 아무 일도 없었다는 듯이 고요했다. 푸른 여자는 아침 해를 등지고 육지로 돌아왔다.

언덕으로 향하는 경사진 길은 제설작업이 진행 중이었고 오후가 되면 안전하게 차가 지나다닐 수 있을 것이라고 남자가 말했다. 나는 다음 날 아침에 그곳을 떠나기로 했다.

까만 하늘에 총총히 박힌 별자리가 흰 겨울을 빛나게 했다. 남자는 그들이 사는 공간으로 나를 초대했다. 그때까지도 나는 여자의 목소리를 듣지 못했다. 남자는 말했다.

"아내는 프리마돈나였소. 그리고 그녀는 남편이 있었소."

한 여자를 지독히 사랑한 남자는 여름 한날 뜨겁게 내리쬐는 태양 볕 아래서 무릎을 꿇었다고 했다. 남자는 사랑을 빌미로 여자를 안았고 비밀은 지켜지지 않았다. 여자의 남편은 여자와 닿았던 남자의 몸을 능숙하게 파괴했다. 여자는 그 모든 과정을 가감 없이 지켜보아야 했고, 감당할 수 없는 고통에 비명을 질렀다. 그녀의 남편은 그녀의 입 밖으로 나오는 모든 소리를 강제로 차단했다. 남자는 한쪽 팔과, 한쪽 다리를 잃었고 여자는 말을 상실했다.

남자의 몸은 성한 곳이 없다고 했다. 그 당시 여자는 임신 중이었다. 여자는 위태로운 상황에서 7개월 만에 조산했고, 아이는 3개월을 살다가 세상을 떠났다. 울음과 비명을 잃은 여자는 말문이 막혔다. 그녀의 성대를 비집고 나오는 간헐적인 한숨은 적막했다. 여자는 죽기 위해 바닷속으로 뛰어 들었지만 번번이 살아서 돌아왔다.

그들의 통증이 느껴지는 순간 이명은 사라지고 상상할 수 없었던 환상들이 내 머릿속을 부유하기 시작했다. ✸

채영신

서울 출생. 이화여대 교육학과 졸업. 『실천문학』신인
상으로 등단. e—mail:micha715@naver.com

스마트소설 박인성 문학사 **후보작**

코끼리 똥

"코끼리……라고?"

은희가 들뜬 표정으로 고개를 끄덕였다. 나는 들고 있던 커피 캔을 우그러뜨렸다. 도대체 어디까지 간 거니, 은희야. 절망감이 나를 휩쌌다. 은희를 정신병원에 입원시켜야겠다는 은희 남편의 전화를 받았을 때에도 이만큼 막막하지는 않았다.

"어제 이곳에 왔어. 집을 나설 때만 해도 여기에 올 생각은 없었는데, 그냥 막 돌아다니다보니… 여기더라."

은희는 어제 전화로 했던 말을 되풀이했다. 자정 무렵 전화를 걸어 은희는 우리가 졸업한 초등학교에 가자고 했다. 너에게 꼭 보여줄 게 있어. 그녀의 말투는 분명하고 또렷했다. 그동안 나를 맥 빠지게 하던 횡설수설의 흔적은 어디에도 없었다. 나는 약속시간보다 한 시간이나 일찍 은희네 집 앞에 도착했다. 그녀는 공들여 화장한 얼굴에 노란 원피스 차림으로 내 차에 올라탔다. 말투만큼이나 분명한 변화였다. 어눌한 발음으로 이 말 저 말 지껄여대는 은희보다 무릎이 튀어나온 추리닝을 꿰입고도 아무렇지 않게 외출하는 그녀를 봐야하는 게 더 견디기 힘든 고역이었다. 슈퍼마켓에 가면서도 몇 번이고 거울을 들여다보는 여자, 실연당해 울다가도 부은 눈이 염려되어 냉동실에 숟가락을 얼려두는 여자, 내가 삼십 년 동안 봐온 내 친구 은희는 그런 사람이었다. 나는 노란 원피스를 은희가 비로소 망상에서 벗어나고 있는 분명한 조짐으로 받아들였다.

"그네도 시소도 다 없어졌어. 교사도 새로 지었고 교문도 바뀌었고. 운동장도 있잖니 건물로 꽉 차서……."

차에 오르자마자 은희는 어제 본 모교의 모습에 대해 떠들어대기 시작했다. 보여줄 게 뭐냐고 묻고 싶었지만 틈이 나지 않았다. 은희는 확실히 흥분해 있었다.

"변하지 않은 건 운동장 구석에 있는 느티나무…뿐이야."

느티나무라고 말할 때 은희의 목소리가 가늘게 떨렸다. 그녀가 나에게 보여주려고 하는 건 아마도 그 나무와 연관된 그어떤 것일 거라고 나는 추측했다. 혹시 우리가 그 아래 타임캡슐 같은 걸 묻어 놓았던 건 아닐까. 그걸 본 순간, 먼 과거에서 뻗어 나온 손바닥이 철썩 뺨을 후려친 순간, 때로는 강한 충격이 잃었던 기억을 되찾게 하기도 하는 것처럼, 정신이 번쩍 들면서 그녀의 뇌가 제 모습을 회복한 게 아닐까. 하지만 교정에 들어서자마자 그녀는 보여줄 게 바로 코끼리라는 말로 내 기대를 여지없이 무너뜨렸다.

"코끼리…라고?"

"응, 코끼리."

은희가 발갛게 상기된 얼굴로 나를 쳐다보았다.

"코끼리가 느티나무 아래 서서 나를 쳐다보고 있었어."

급식을 마친 아이들이 쏟아져 나와 운동장은 발 디딜 틈도
없었다고 했다. 그녀는 운동장이 한눈에 내려다보이는 돌계
단에 앉아 느티나무를 쳐다보았다고 했다. 느닷없이 울음이
터져 나왔다고 했다. 왜 우는지 까닭도 모른 채 막 울었어. 발
을 구르고 가슴팍을 두드리면서 막 울다가 눈을 떴는데, 저 느
티나무 아래에 코끼리가 있는 거야.

나는 은희가 그만 입을 다물어주길 바랐다. 코끼리라니, 세
상에. 그동안 은희는 미친 게 아니라 혼란을 겪고 있을 뿐이라
고, 억지로라도 나는 그렇게 믿고 싶었다. 하지만 이젠 우길
기운도 없었다. 은희는 어쩌면 다시는 돌아올 수 없는 강을 이
미 건너버린 건지도 몰랐다. 다리에서 힘이 빠졌다. 나는 돌
계단에 주저앉았다. 은희도 말을 멈추고 내 곁에 가만히 앉았
다. 나에게 있어 은희는 피붙이 이상이었다. 표정만 봐도 속
마음을 읽을 수 있는 사이, 숨소리만 들어도 기쁨과 슬픔의 깊
이를 헤아릴 수 있는 사이. 뱃속 깊은 곳에서 뭔가가 깨지고
무너지는 소리가 들렸다.

"넌… 믿지?"

은희가 내 얼굴을 쳐다보지 않은 채 그렇게 물었다. 믿냐니,
뭘? 남편이 그녀를 괴롭힌다는 말을 믿느냐는 건지 코끼리가
나타났다는 걸 믿느냐는 건지 얼른 알아들을 수가 없었다. 하
긴 어느 쪽이든 대답은 똑같았다. 백주대낮에 도심을 거리낌

없이 활보하고 다니는 코끼리나, 남편이 주도면밀하게 계획을 세워놓고 그녀를 미치게끔 몰고 가고 있다는 그녀의 말이나, 믿을 수 없기는 매한가지였다. 이런 식이야. 나는 분명 텔레비전을 보고 있었는데, 여태까지 내내 자놓고 무슨 말을 하냐고 하는 거야. 몇 번은 대수롭지 않게 넘겼지만 그런 일이 하루에도 수십 번씩 반복되니까 점점 내가 틀리고 남편이 맞는 것처럼 여겨지더라. 알아, 네가 하고 싶은 말. 넌 이렇게 묻고 싶겠지. 네 남편이 그렇게까지 하는 이유가 뭐냐고. 그 이유는 있잖니, 그 사람한테 여자가 있어. 은희는 흥신소에 의뢰해 남편의 뒤를 밟게 했지만 그 분야의 최고전문가라는 그들도 일 년이 넘도록 그럴듯한 사진 한 장 내놓지 못했다. 그런데도 그녀의 의심은 점점 더 깊어져만 갔다. 급기야 그녀는 남편이 집안에 도청장치와 카메라를 설치해놓았다고 믿기 시작했고 얼마 지나지 않아 남편이 집안뿐만 아니라 길거리에까지 온통 도청장치를 해놓고 자신을 감시하고 있다고 억지를 부려댔다. 사람들이 하나둘 은희에게서 등을 돌리기 시작했다. 친정식구들조차 그녀의 말에 귀를 기울이지 않게 되었다.

"아……."

은희가 외마디 탄성을 내지르며 자리에서 일어났다. 그리고 돌계단을 내려가 운동장을 가로질러 달리기 시작했다. 나는 무기력하게 그녀의 뒷모습을 쳐다보기만 했다. 그녀는 느티나무 아래 멈춰서더니 두 팔을 한껏 벌려 뭔가를 꼭 끌어안고 거기에 뺨을 부비는 몸짓을 했다. 아, 코끼리… 이번엔 내

입에서 낮게 탄성이 흘러나왔다. 은희가 이 순간 왜 코끼리의 환영을 보고 있는 건지 그 까닭을 알 것 같았다. 삼십 년 전, 아버지의 심부름으로 술 주전자를 덜렁거리며 걷다가 서커스단 천막 앞에서 은희를 보았던 밤들이 떠올랐다. 말뚝에 매인 채 눈만 끔벅이는 코끼리, 커다란 덩치 때문에 더 초라해보이던 코끼리를 상대로 쉴 새 없이 종알대던 은희…. 나는 그 장면을 보았다는 말을 은희에게 하지 않았다. 내가 엄마 흉내를 내어 지겨워 지겨워를 연발하며 걷던 그 밤길을 누구에게도 들키고 싶지 않았던 것처럼 은희에게도 그 밤은 비밀에 붙여두고 싶은 시간일 것 같았다. 은희야…… 울음을 참기 위해 나는 이를 악물었다. 얼마나 외롭고 막막했으면 그 아득한 과거로부터 코끼리를 불러내어 그 몸뚱이에 숨을 불어넣고 따뜻한 피를 돌게 했을까. 나에게도 그런 시간이 있었다. 열감기로 밤새 앓다가 혼자 눈 뜬 아침. 학교에 가기 위해 집을 나섰다가 얼마 못 가 쓰러지고 만 나. 이마를 핥는 혀의 촉감을 느끼고 눈을 떴을 때 내 곁에 있던 뽀삐. 오래 전에 아버지가 팔아버린 개, 뽀삐. 뽀삐는 나를 등에 업었다. 그러고는 공중으로 몸을 날리더니 그대로 학교 앞까지 날아갔다. 아이들은 나를 거짓말쟁이라고 따돌렸지만 그건 결코 거짓말이 아니었다. 삼십 년이 지난 지금까지도 나는 내 뺨에 와 닿던 털의 감촉이며 뽀삐가 뒷다리로 힘차게 땅을 차던 순간 단단하게 수축하던 개의 근육을 생생하게 떠올릴 수 있었다. 외톨이가 되어버린 나는 운동장 구석에 쪼그리고 앉아 혼자 놀았다. 그때 은희가 다가와 내 어깨에 손을 얹었다. 그리고 눈을 반짝이며 이렇게 물었다. 그 개 이름이 뭐니?

은희가 교문을 나서고 있었다. 고개를 치켜든 채 쉴 새 없이 중얼거리며 손으로는 연신 뭔가를 쓰다듬는 동작을 반복하면서. 나는 가방을 챙겨 자리에서 일어났다. 교문을 지나치려는데 교사에서 커다랗게 웃음소리가 터져 나왔다. 나는 멈춰선 채 교사를 돌아보았다. 저 건물 어딘가에 열 살 먹은 나와 은희가 있을 것만 같았다. 쌍둥이처럼 똑같이 양 갈래로 머리를 묶은 계집애들이 마흔 살 아줌마들을 묵묵히 눈으로 배웅하고 있을 것만 같았다.

도망치듯 나는 교문을 빠져나왔다. 은희는 횡단보도를 건너는 중이었다. 파란불이 깜박거리고 있었다. 은희를 혼자 가도록 내버려둬선 안 된다고 생각하면서도 나는 무력감에 사로잡혀 꼼짝도 할 수가 없었다. 나는 발부리를 내려다보았다. 횡단보도 정지선에 내 발끝이 닿아 있었다. 불현듯 초등학교 운동회 생각이 났다. 두 사람이 한 조가 되어 다리를 묶고 뜀박질을 하는 경기가 있었다. 선생님이 내 왼 다리와 은희의 오른 다리를 하나로 묶었다. 다리가 엉켜 넘어지고 자빠져 흙바닥을 뒹구는 아이들을 쳐다보면서 우리는 여유만만하게 결승점에 도달했다. 우리에게 그건 뭐랄까, 딱히 경기라고 이름 지을 수 없는, 그렇다고 놀이라고도 할 수 없는 그 어떤 것이었다. 그저 평소처럼 발을 내딛기만 하면 되는 거였으니까. 우리는 서로의 의중과 보폭을 귀신 같이 읽어냈다. 방향을 바꿀

때조차도 각도를 맞추기 위해선 얼마큼 보폭을 조절해야 하는지도. 경기가 끝난 뒤에도 우리는 그 끈을 풀지 않았다. 그렇게 삼십 년이 흘렀다. 내가 나 자신을 알 수 없어 갈팡질팡하던 순간에도, 이상하게 들리겠지만, 나는 은희만큼은 분명히 읽어낼 수 있었다. 그건 은희도 마찬가지였다. 이따금 우리는 서로에게 묻곤 했다. 내가 정말 원하는 게 이게 맞니? 나는 길게 한숨을 내쉬며 속으로 생각했다. 이제 그 끈을 풀 때가 온 거라고. 앞으로의 길은 아무리 어깨를 웅송그려도 둘이 함께 통과하기엔 너무 좁은 길이 될 거라고.

차 한 대가 내 앞을 쌩하고 달려갔다. 깜짝 놀라 뒷걸음질치다가 나는 뭔가를 밟았다. 몸이 균형을 잃고 기우뚱하는 순간 교문 앞에 쌓여 있는 한 무더기의 똥이 눈에 들어왔다. 거대한 몸집을 가진 동물의 것이 분명한 굵고 커다란 똥 덩어리. 눈을 부릅뜨고 다시 쳐다봐도 그건 분명 똥이었다. 아… 나는 입을 헤벌린 채 길 건너편을 바라보았다. 코끼리와 나란히 걷고 있는 은희의 뒷모습이 눈에 잡혔다.

노란 원피스를 입은 은희가 코끼리와 함께 골목으로 접어들고 있었다. ✈

천정완

1981년 경북 문경에서 태어나 한국예술종합학교 극
작과와 서사창작과를 졸업했다. 2011년 「팽_부풀어
오르다」로 제14회 창비신인소설상을 수상하며 등단
했다.

질투

그는 자신이 경영하는 회사의 간부들과 1분기 간부회의를 마치고 늦은 점심을 먹었다. 점심식사 제안은 그가 했다. 그는 회사를 경영하는 동안 단 한 번도 그런 제안을 한 적이 없었으므로 제안을 들은 간부들은 우왕좌왕 했다. 둥근 테이블에 둘러앉은 나이 든 간부들은 죄를 지은 사람들처럼 고개를 숙이고 아무 말도 하지 않았다. 중식 코스가 나오는 동안에도 대부분 침묵했고 옆머리를 길러 간신히 대머리를 덮은 늙은 차장 한 명은 그의 눈치를 보며 자꾸 흘러내리는 머리를 쓸어 올렸다.

회의는 상반기 결산을 중심으로 진행되었다. 그가 운영하는 회사는 중국자동차 공장에 부품 납품을 주로 하는 연매출 300억 정도의 중소기업인데 작년 4분기 회사 매출에 비해 매출이 반 토막이 났다. 회의장의 분위기는 폭풍의 한 중간처럼 고요했다. 재무팀에서 보고를 했고 이어서 영업팀에서 보고하는 동안 장내는 술렁였다. 영업팀 차장은 더듬더듬 준비해 온 P.T 자료를 읽는 동안 이마에서 머리카락이 계속 흘러내렸다.

"식사는 편하게들 하십시다."

그가 말했지만 코스 요리가 끝나고 후식을 먹을 때까지 아무도 편하게 식사하는 간부들은 없었다. 식사를 마치고 나오는데, 영업팀 차장이 울먹이는 표정으로 그에게 말했다.

"죽을 죄를 졌습니다. 다 저희 영업팀 탓입니다."

차장은 울먹이는 표정으로 몇 번이고 고개를 숙였다. 그는 알겠다고 말하고 돌아섰다. 그는 돌아서서 걷는 동안 생각했다. 그 늙은 차장이 죽음을 상상이나 해봤을까? 간밤에 비가 와서 그런지 세계가 지독하게 투명했다.

그는 지난 가을 결국 아내와 이혼했다. 결혼 생활 10년만에 찾아온 파경이었다. 어느 순간부터 부부는 대화를 하지 않았고 그가 일을 마치고 집으로 돌아오면 아내는 눈인사를 하고 방으로 들어갈 뿐이었다. 그는 아내가 차려 놓은 저녁을 먹고 냉장고에서 아내가 채워 놓은 맥주를 꺼내 TV앞에 앉아 뉴스를 보며 마시며 저녁시간을 보냈다. 뉴스가 끝나면 자신의 서재에서 잠을 잤다. 불을 끄면 집안은 숨막히게 고요해졌으므로 그는 눈을 감고 이대로 모든 것이 깜깜한 어둠에 먹혔으면 좋겠다고 생각하다가 잠이 들곤 했다. 가끔은 아내가 거실에서 우는 소리가 들리기도 했다. 깜깜한 적막 속에서 들리는 아내의 울음소리는 지구에서 수백만 킬로 떨어진 미지의 행성에서 보내는 신호 같았다. 자신이 누워 있는 지구에서는 도저히 해독할 수 없는, 그렇지만 그게 울음이라는 것 정도는 알 수 있는 신호였다. 깜깜한 어둠 속에서 집안의 적막을 틈입하는 아내의 울음소리의 주기가 잦아질 무렵 아내는 그에게 이혼을 통보했다. 그가 아침을 먹고 출근하려고 할 때였다. 그가 현관을 빠져나오는데, 아내가 말했다.

"우리 이혼해요."

작은 목소리였지만 단단한 말투였다. 그는 신발을 마저 신고 뒤를 돌아봤다. 아내의 눈이 몰라보게 깊어졌다는 것을 그는 느꼈다. 그녀는 초췌했고, 겨울 내내 들판에 방치된 죽은 나무 같았다.

"왜?"

그는 물었다. 그녀는 가늘게 떨었다.

"당신을 용서할 수가 없어요. 우리 아이가 죽어가는 동안에도 당신은 괜찮아, 괜찮아. 하면서 사무실에 있었어요."

그건 사실이었다. 그는 사무실에 있었었다. 그는 아이가 갑자기 열이 나기 시작한다고 전화했을 때 대수롭지 않게 받았다. 그는 업무가 많았기도 했고 가정이 주는 어떤 구속감이 자신의 삶을 허하게 한다고 생각하기도 했었다. 그 즈음에 그는 그렇게 느꼈다. 그는 아내가 유별나게 가정에 집착하는 이유가 아내의 개인적 만족 때문이라고 생각하고 있었다. 자신의 젊음을 한 여자의 개인적 만족을 위해서 모두 허비했었고, 자신의 삶은 빈껍데기가 돼 가고 있다고 그는 생각하고 있었다. 대수롭지 않게 전화를 끊은 그는 아이가 응급실에 있으니 지금 와달라고 다시 전화한 아내에게 버럭 화를 내고 끊었다.

'그 정도 잔병은 그 나이쯤 아이에게는 별일도 아니야. 그만 유별나게 굴어.'

그의 마지막 말이었다. 그리고 아이가 죽었다. 아이는 막 유행하기 시작한 신종플루의 몇 안 되는 희생자 중 하나였다. 아이의 사망 소식을 듣고 응급실에 달려간 그는 이미 냉동고에 들어간 아이를 꺼내 품에 안고 엉엉 울었다. 깨어 있는 모습보다 자고 있는 아이의 모습을 더 많이 본 그는 평온한 표정으로 눈을 질끈 감고 있는 차가운 아이의 어깨를 흔들며 울었다.

"그때 당신은 이렇게 말했어요. 도대체 왜 나한테만 이런 일이 생기는 거야."

아내는 현관 앞에 멍청하게 서 있는 그의 어깨를 쥐고 흔들었다.

"당신은 늘 당신만 주인공이었어. 우리를 위해서 살았다고? 아니 당신은 당신을 위해서 살았어요. 나하고 아이는 조연이었어요."

그는 세차게 고개를 흔들었다. 마음속이 모조리 얼어버리는 것 같았다. 시야가 흐려졌고 그게 곧 눈물이라는 것을 금방 알았다.

"아니야. 나는 당신과 아이를 위해서 살았어. 아니야. 나는 정말 그렇게 살았어."

그는 말했다. 아니 중얼거렸다.

"거짓말이야. 그게 거짓이 아니라면 당신은 잘못 살았어."

그는 실성한 사람처럼 고개를 흔들면서 가끔을 중얼거리기
도 하면서 집을 빠져나왔다. 회사에 출근하는 동안에도 아내
가 뭔가 단단히 잘못 알고 있다고 생각했다.

그는 한 달 뒤에 법원 앞 카페에서 만나 아내가 준비해 온
이혼 서류에 도장을 찍었다. 그게 아내를 본 마지막이었다.
아내는 재산도 위자료도 받지 않고 미국으로 떠나버렸다.

벌써 봄이 저물고 있었다. 낮이 조금씩 길어지기 시작했으
며 거리를 돌아다니는 사람들의 옷차림도 점점 가벼워졌다.
바람이 불었다. 그는 자신의 차 앞에서 우울하게 그 바람을 맞
았다. 라일락 향을 품고 있는 따뜻한 바람이었다. 그는 바람
이 지나가고 나서도 한참 동안 자동차 문고리를 잡고 있었다.

"회사로 모실까요?"

기사가 웅얼거렸다. 차 안에서 참기름 냄새가 풍겼다.

"오늘은 이만 집으로 돌아가지."

"벌써 댁으로 가신다고요?"

그의 기사가 의아한 듯 말했다.

"좀 피곤해서."

"네. 그럼 출발하겠습니다."

"먹던 건 다 먹고 출발하지."

"네."

그의 시선이 움직이자 기사는 황급히 들고 있던 삼각김밥
포장지를 숨겼다.

"죄송합니다."

자동차는 다른 차들 사이를 천천히 움직였다. 거대한 빌딩들이 기울기 시작한 햇빛을 받아 반짝였다. 기사는 룸미러로 그의 얼굴을 살폈다. 입을 굳게 다물고 어두운 얼굴로 차창을 바라보고 있는 그의 얼굴을 힐끔거리며 차안에서 삼각김밥을 먹은 것을 후회했다. 돈이 뭔지 겨우 차에서 삼각김밥 하나를 먹었다고 후회하는 자신이 초라했다. 기사는 계속 그를 힐끔거리며 그와 자신의 삶이 바뀌었으면 좋겠다고 생각했다.

"자네 올해 몇 살이지?"

입을 굳게 다물던 그가 기사에게 물었다. 자동차는 어느새 올림픽대로에 올랐다.

"올해 스물일곱입니다."

그는 고개를 끄덕이며 바깥으로 시선을 돌렸다. 강 건너 동산에 진달래가 한창이었다.

"자네는 꿈이 뭐야?"

"작고 보잘 것 없지만 제 이름으로 된 작은 자동차 한 대를 갖는 게 꿈입니다."

기사가 쑥스럽다는 듯 웃었다. 자동차가 한남대교를 건너 순천향 병원 앞에서 신호를 받고 서 있는 동안 기사는 그의 얼굴에서 눈물이 흐르는 것을 봤다. 그는 흐르는 눈물을 소매로 훔치며 차창 밖을 멍하게 바라봤다.

"무슨 일 있으십니까?"

기사가 걱정스럽게 물었다.

"아니. 괜찮아."

그는 눈물을 훔치며 말했다.

"있잖아. 난 자네가 이 세상에서 제일 부러워."

그는 말하고 아이처럼 엉엉 울었다. 눈물과 콧물 범벅인 얼굴을 소매로 아무렇게나 닦았다.

"나는 거짓말 했었어. 다 잃었어. 아무것도 없어. 아직 아무것도 잃지 않은 자네가 이 세상에서 제일 부러워."

기사는 고개를 끄덕이면서도 핸들을 움켜쥐었다. 다리 아래에서부터 뜨거운 것이 올라와 얼굴이 붉어졌다. 나를 동정하는 건가? 기사는 생각했다. 그의 울음에 치가 떨렸다. 막대한 자산과 넓은 집, 그리고 억대가 넘은 자동차를 소유한 그가 부러워 미칠 것 같았다. 기사는 그와 자신의 인생이 바뀌면 그처럼 살지는 않겠다고 수도 없이 생각했다. 매일 해외여행을 다니고 욕심 없이 은퇴해서 독일제 스포츠카를 몰고 다니며 가진 재산을 쓰는 편안한 삶을 몇 번이고 마음 속으로 계획했다. 그럴 때마다 그가 부러워서 미칠 것 같았다.

"난 아무한테도 이해받지 못했어."

그는 풍랑이 잔잔해지듯 차분하게 말했다. 손수건을 꺼내 얼굴을 정리했다. 그가 코를 킁킁거리며 얼굴을 정리하는 동안 기사는 자신을 휘감으며 올라오는 뜨거운 기운이 분노라는 것을 알았다. 개새끼, 기사는 속으로 생각했다.

자동차가 그의 집 앞에 도착했고 그는 기사에게 혼자 저녁

을 먹으면 너무 힘들 것 같다며 함께 저녁을 먹지 않겠냐고 제
안했다. 기사는 선약을 핑계로 그의 제안을 거절했다. 그는
힘없이 고개를 끄덕이며 넓은 정원을 터덜터덜 가로질러 집
으로 들어갔다.

다음 날 아침 기사는 그의 출근 시간에 맞춰 그의 집에 도착
했다. 기사가 차를 대기시키고 그를 기다렸지만 그는 제 시간
에 나오지 않았다.

"밤새 술을 진탕 쳐먹었구만."

기사는 혼자 중얼거렸다. 몇 분을 더 기다렸지만 그는 나오
지 않았다. 기사는 대기 시간에 으레 하듯 그와 자신의 인생을
바꾸는 공상을 하며 그를 기다렸다. 30분이 지나도 그는 나오
지 않았다. ✦

최민우

2012년 『자음과모음』신인문학상으로 등단.

e-mail:daftsounds@gmail.com

응고의 나라에서

응고는 내전을 피해 여기로 왔다. 가족들은 죽거나 피난통에 뿔뿔이 흩어졌고 현재 연락이 닿는 사람은 아무도 없었다. 난민신청을 했는데 법무부 로비의 유리문을 여는 데만도 자기 키만한 서류를 제출해야 했다. 난민신청이란 받아들여지기까지 오랜 시간이 걸리고 절차도 복잡한 편인데, 특히 난민에게 더 까다롭다.

신청 절차를 밟는 동안 응고는 우리 공장에 일자리를 구했다. 공장에서는 어디서 뭘 하다 왔건 당장 손가락이 잘려나가도 불평하지 않을 사람이라면 누구든 환영했다. 인부를 제조하는 공장은 늘 인력난에 시달렸다. 우리는 튼튼한 팔과 다리에 굳은 인내심을 가진, 죽어도 슬퍼할 사람 하나 없는 인부들을 만들어 각지의 건설현장과 위험시설로 보냈다. 응고는 이두박근을 어깨뼈와 노뼈에 연결하는 공정을 담당하는 팀에 배치되었다. 잠은 기숙사에서 자고 밥은 구내식당에서 먹었다. 주말에는 방에서 국제뉴스만 살펴봤다. 우리는 그를 가엾게 여겨 가끔 밥과 술을 사줬다. 어느새 응고는 우리말이 제법 늘어 술에 취하면 빨리 난민으로 인정받아 가족을 데려오고 싶다고 하소연했다.

응고의 팀장은 응고에게 민속춤(응고의 나라에서는 아침마다 태양을 보며 그런 춤을 출 것이다)과 민속음악(응고의 나라에서는 기쁜 일이 있을 때 그런 노래를 부를 것이다)을 시켜볼 기회를 호시탐탐 노렸다. 흑인들한테는 소울이 있어. 춤도 잘 추고 농구도 잘 하고 자지도 크다고. 팀장이 TV 오디션 프로그램에 나온 심사위원의 말투를 따라하며 말했다. 그러다 재빨리 덧붙였다. 난 인종차별을 하는 게 아냐. 보이는 대로 말하는 것뿐이라고.

그러다 쟝이 왔다. 쟝 역시 응고와 같은 이유로 공장에 취업했지만 입장이 좀 달랐다. 그는 응고의 고국에서 내전을 일으킨 장군의 부하였다. 높은 계급은 아니었다. 그랬다면 더 좋은 곳으로 달아났을 것이다. 쟝은 피라미드의 맨 아래, 흙바닥 바로 위에 얹은 밑돌이었다. 하지만 그 때문에 쟝의 손에는 가장 많은 피가 묻어 있었다. 죄를 뜻하는 추상적인 피가 아니라 진짜 피 말이다. 어쩌면 응고의 가족의 피도. 둘이 구내식당에서 식판을 들고 처음 마주쳤을 때 그들은 알아들을 수 없는 말을 빠르게 주고받으며 서로를 노려보았다. 그날 점심은 돈까스였다. 사람들은 응고와 쟝의 주변에 있던 포크와 나이프를 재빨리 치우고 의자와 탁자도 싹 빼서 둘이 회포를 풀 수 있는 자리를 마련해줬다. 둘은 한참을 노려보다 멀리 떨어진 곳에 앉아 고기를 썰었다. 누군가 실망한 듯 쩝 하고 혀를 찼다.

응고와 쟝은 우리가 은연중 품었던 기대를 배신했다. 다시 말해 그들 중 하나가 휴게실에서 날카로운 것에 찔려 피를 흘린 채 쓰러져 있다거나 흔적도 없이 자취를 감추는 일 같은 건 벌어지지 않았다. 놀랍게도 그들은 친구가 되었다. 기숙사 밖 공터에서 같이 담배를 피우고 과자를 나눠 먹는 장면이 목격되었다. 당시 기숙사에는 오목 열풍이 불었는데, 우리는 그 둘이 휴게실 바둑판 위에 바둑알을 놓고 고민하는 광경을 볼 수 있었다. 우리는 응고와 함께 쟝에게도 밥과 술을 사줬고, 팀장은 이제 단체 공연을 볼 수 있을 거라고 눈을 반짝였다. 회식 자리에서 둘은 마주앉아 자기들끼리 대화를 나눴는데 주변 사람들은 그들이 무슨 얘기를 하는지 하나도 알아들을 수 없었다. 팀에서 고등학교를 졸업한 유일한 직원이 그들이 쓰는 말이 프랑스어일 것이라고 주장했지만 그도 쥬, 쁘, 빠를 같은 말 이상은 듣지 못했을 뿐더러 그게 무슨 뜻인지도 몰랐다. 쟝은 우리말을 잘 못 했다. 기본적인 의사소통만 배웠을 뿐이었다. 공장에서는 그 정도면 충분했다.

  그들은 무슨 이야기를 나눴을까? 자기들을 이역만리로 쫓아버린 내전과 독재자와 장군들에 대해? 가족의 행방에 대해? 법무부에 제출할 서류에 대해? 아니면 고국에서처럼 공무원들을 돈으로 매수해야 하는지에 대해? 고향의 산천에 대해? 그들을 보면 물보다 진한 것은 피가 아니라 언어라는 생각이 들었다. 언어가 우리와 그들의 사이를 가로막고 있었다. 그들의 언어는 그들에게 남은 최후의 보물이자 자존심이었다. 그 언어 안에서 그들은 자신들의 가족을 만나고 자신들의 독재자와 자신들의 학살자를 마주하고 있었다.

그러다 웅고가 공장을 떠났다. 정확히 말하면 출입국 관리들에게 연행되었다. 그들은 웅고가 반체제 인사라고, 자기 나라에서 수많은 문제를 일으킨 사람이라 추방할 수밖에 없다고 설명했다. 그 논리는 늘 이해하기 어려웠다. 자기 나라에서 문제를 일으켜 쫓겨났으면 그걸로 된 것 아닌가? 하지만 웅고의 연행에 놀라지는 않았다. 공장에는 별의별 사람들이 다 왔다 갔다. 우리 중 누군가가 코요테나 원숭이로 밝혀져 동물원 관계자들에게 끌려갔어도 잠시 어깨를 으쓱한 뒤 슬개골에다 연골을 바삐 붙였을 것이다.

며칠 뒤 우리는 회식을 했고, 쟝도 거기에 끼었다. 그는 내내 말이 없었다. 팀장은 합동공연을 볼 수 없게 됐다는 사실을 대놓고 아까워했다. 자기 나름으로는 돌려 말하긴 했지만 말뜻은 분명 그랬다. 그러면서 자기는 인종차별주의자가 아니라고 떠들었다. 난 레이시스트가 아니라니까. 진짜로. 팀장이 떠벌이는 동안 우리는 모두 쟝의 눈치를 봤다. 팀장만 태연했다. 그는 쟝이 우리말을 거의 못한다고 확신했다.

쟝은 묵묵히 앉아만 있었다.

이번에도 기대는 어긋났다. 팀장이 라커 앞에 목이 잘린 채 쓰러져 있거나 출근을 안 하는 일은 일어나지 않았다. 내심 그걸 바란 사람들이 많긴 했지만 말이다. 다만 쟝이 말도 없이 사라진 뒤 문제가 생겼다. 완성되어 출고 직전이던 인부들이 모두 웅고와 쟝의 나라 언어로 말을 하기 시작했던 것이다. 팀장을 비롯하여 상급자들이 원인을 찾으려 노력했지만 쟝이 공정의 어느 부분에 손을 댔는지 도저히 알 수 없었다. 인부들은 멍한 눈을 한 채 계속 쥬, 쁘, 빠를이 들어간 말을 지껄여댔다.

우리는 몹시 불안해졌다. ⚔

최정화

2012년 『창비』 신인소설상으로 등단.
e-mail:daysmare@hanmail.net

K씨가 도망간다

K씨인지 몰랐다. 처음 눈에 띈 것은 신호등 건너편에 서 있는 미니스커트 차림의 아가씨였다. 그 옆에 사십대 중반의 뚱뚱한 사내가 책을 대여섯 권쯤 가슴에 안고 있었고, 신호가 바뀌자 뒤뚱거리며 걷기 시작했다. 미니스커트 아가씨와 출발점은 같았으나 어느새 한두 걸음 뒤처지기 시작하더니 이내 간격이 벌어졌다. 그런데 그 뚱보가 가까이 올수록 낯익은 얼굴로 변해가는 것이 아닌가. 살이 쪄서 턱 선이 둥그스름해지고, 볼살이 처지고, 얼굴빛은 누래지고 눈가에는 거무스름하게 다크서클이 자리잡았지만, 그는 분명 K씨였다.

그는 나를 보자마자 그대로 멈춰 섰다. 순간 다리에 힘이 풀렸는지 발을 접질리며 기우뚱했다. 둔한 몸이 오른쪽으로 기울며 양손으로 받치고 있던 책들이 바닥에 우르르 쏟아졌다. 그는 허리와 무릎을 굽혀 어정쩡한 자세로 책을 줍기 시작했다. 코 밑에 땀방울이 송송 맺히고 목 뒤 셔츠깃은 축축하게 젖어 있었다. 땀에 젖은 와이셔츠가 등에 달라붙어 속에 입은 러닝셔츠의 파란 줄무늬가 비쳤다. 그는 고개를 들어 정면으로 나를 한 번 쳐다본 뒤에, 숨을 크게 들이쉬고 침을 꿀꺽 삼

키더니 그대로 뒤를 돌아 뛰기 시작했다.

나는 그를 위협하지도 않았고 쫓아가지도 않았지만 그 모습은 분명히 도망치는 것처럼 보였다. 살찐 궁둥이가 좌우로 뒤뚱였다. 허벅지를 움직일 때마다 허리에 붙은 군살이 출렁거렸다. 거구의 몸집이 시야에서 점점 멀어지다가 어느새 엄지손가락만 해져서는 골목으로 사라졌다.

나는 주위를 두리번거렸다. 햇살이 직사광선으로 내리쬐어 그림자는 선명하고 공기는 따뜻하고 달콤했다. 봄이라 온통 꽃 천지였다. 담벼락 너머에서 라일락 향기가 은은히 풍겨왔다. 그를 도망치게 할 만한 것이라곤 없었다. 그는 대체 무엇을 보고 그렇게 황급히 달아난 것일까? 고개를 갸웃거리며 한참 동안 주변을 이리저리 돌아보았다. 화창한 봄날, 이 거리와 어울리지 않는 것은 오직 나 하나뿐이었다.

겸연쩍어져서 코를 킁킁거리며 K씨가 바닥에 떨어뜨리고 간 책을 주워들었다. 표지를 넘기자 첫 장에 시립도서관의 도장이 찍혀 있었다. K씨의 입장이 참 난감하겠다 싶었다.

책을 돌려주어야 한다고 생각했기 때문에 나는 사흘 후에 시립도서관을 찾아갔다. 도서관 앞 벤치에는 몇몇 사내들이 담배를 피우고 있었다. 대다수가 내 나이 또래로, 이 시간에 도서관에 있다니 어울리지 않았다. 무언가를 준비해야 할 시기는 이미 한참 지난 나이인 것이다. 그들 모두가 어딘가 K씨를 닮았다고 생각하며 엘리베이터를 타고 4층의 자료실로 올라갔다. 이마 한가운데 사마귀가 난 사서가 허름한 점퍼를 입은 남자와 싸우고 있었다. 나는 지하 식당으로 내려가 컵라면을 먹고, 5층의 흡연실에서 담배를 한 대 피우고는 다시 자료실로 내려왔다. 나는 겨드랑이 사이에 끼웠던 책을 돌돌 말아 손에 쥐고 반납대를 향해 걸었다. 책을 테이블 위에 올려놓는 순간이었다.

누군가 나를 바라보는 시선을 느꼈다. 자료실에는 모두 열댓 개의 책장이 늘어서 있었는데 시선을 느낀 건 다섯째와 여섯째 책장 사이였다. 나는 책을 다시 집어 들고, 그쪽을 향해 걸어갔다. 책장 옆으로 남색 트레이닝 복 팔꿈치가 슬쩍 보였다. 흔해빠진 트레이닝복을 걸친 흔해빠진 팔꿈치였는데도 그가 K씨라는 확신이 들었다. 나는 걸음을 좀 더 빨리했다. 동시에 팔꿈치가 사라졌다.

책장 앞에 다다랐을 때 다시, 벽과 책장 사이의 좁은 틈을 빠져나가는 한 남자의 발을 보았다. 검은 고무창을 댄 흰색 스니커즈를 신은 K씨의 왼발이었다. 나는 자석에 이끌리듯 그의 뒤를 좇았다.

이번에는 도서관 진열대에 꽂힌 책들 사이로 K씨의 정수리를 보았다. 머리카락은 듬성듬성 빠지고 이발할 때가 지나보였다. K씨의 턱, K씨의 무릎, K씨의 옆구리를 보았다. 턱에는 덥수룩하게 수염이 나 있었다. 트레이닝 바지의 무릎 부분은 튀어나왔고 점퍼 주머니는 담배갑 크기의 직사각형 모양으로 볼록 솟아 있었다.

지금 나는 K씨와 책장 하나를 사이에 두고 마주 보고 있다. 책장 사이를 이리저리 도망가고 또 뒤쫓느라 둘 다 숨이 가쁘다. K씨의 가슴이 급하게 부풀어 올랐다가 후욱, 소리와 함께 가라앉는다. 나의 심장박동 소리와 같은 간격으로 그의 가슴팍이 움직이고 있다. 고개를 조금만 아래로 숙이거나 발꿈치를 들고 위로 쳐들면 그의 얼굴을 볼 수도 있을 것이다.

그러나 그래서는 안 될 것 같았다. 나는 책장에 꽂혀 있는 책을 몇 권 뽑아 좁은 통로를 만들었다. 그리고 그 사이로 가져온 책을 밀어 넣었다. 거무스름하고 거친 손등, 마디가 굵은 손가락 다섯 개가 책장 건너편에서 불쑥 튀어나왔다. K씨는 책을 잡아들자마자 급하게 몸을 돌렸다. 도서관 바닥을 스치는 발소리가 귓가에 울렸다. K씨는 며칠 전 건널목에서 그랬던 것처럼 황급히 사라져버렸다.

나는 어쩐지 아주 몹쓸 인간이 된 기분이었다. 목과 어깨, 다리에 힘이 쭉 빠졌다. 종아리에 몸을 받치고 쪼그리고 있다가 바닥에 엉덩이를 깔고 철퍼덕 주저앉고 말았다. 도서관의 시멘트 바닥은 몹시 차가웠다. 엉덩이의 감각이 마비될 때쯤, 학생 하나가 자리를 좀 비켜달라고 정중하게 양해를 구하는 바람에 어쩔 수 없이 몸을 일으켜야 했다.

이후로는 K씨를 만나지 못했다. 그가 왜 도망을 갔는지에 대하여 오랫동안 생각해 봤지만 도통 알 길이 없다. 그 일에 대해 생각에 생각을 거듭하다보니 이제는 내가 마주친 사람이 K씨가 맞는지조차 헛갈린다. 삼사 년쯤 전부터 시력이 급격하게 떨어져, 거리를 돌아다니다 보면 온통 아는 사람 얼굴인 것이다.

어떤 날에는 이렇게 생각하기도 한다. K씨에게 뭔가 심각하게 불행한 일이 생겨서 인간이 다가오는 것이 두려워진 것인지도 모른다고. 인간들 틈새에서 자신을 숨기는 부류들이 점점 늘어가고 있는 추세이니 이것도 나름대로 그럴듯한 설명이 된다. 그렇지 않고서야 아무래도 나를 피할 이유가 없다.

그런데 요즘에는 이런 생각이 든다. 내가 뭔가 K씨에게 나쁜 일을 저지른 게 분명하다는. 그리고 아무리 생각해봐도 이 세 번째 생각이 가장 유력하다.

그래서 나는 가끔 허공에 대고 K씨에게 허리를 굽혀 인사한다.

"미안합니다, K씨." 하고. ✿

표명희

2001년 『창작과비평』신인소설상 수상으로 등단. 펴낸 책으로 「내 이웃의 안녕」 「하우스메이트」 「3번출구」 「황금광시대」 「오프로드 다이어리」 등이 있다. 제22회 오영수문학상 수상. e-mail:pyo7788@hanmail.net

후보작

뒤 돌아보지 마

교실 문이 열려 있다. 웬일이지? 묵은 고개를 갸웃하며 들어선다. 책걸상들만 앞뒤좌우로 도열해 있을 뿐 아이들은 없다. 운동장도 텅 비어 있다. 창밖 플라타너스 나무의 넓적한 이파리들이 늦가을 햇살에 황갈색으로 물들어가고 있다. 건 듯 부는 바람에 이파리들이 우드드 떨어져 내린다. 하, 그는 짧은 탄성을 내뱉는다. 연초록 새순이 파릇파릇 돋던 때가 엊 그제였는데 그새 낙엽이라니.

뒤 돌아보지 마

칠판에 남은 낙서 한 줄. 당번이 칠판 정리를 깜박 한 모양이다. 둘이 한 조가 되어 하는 일일당번이 얼마나 혼쭐 빼놓는 일인지 묵은 잘 알고 있다. 등교하면서부터 교문 나설 때까지 눈코 뜰 새 없다. 제일 먼저 와서 교실 문 열기, 출석부 챙겨다 놓기, 주전자 물 떠놓기, 매시간 칠판 정리, 떠드는 애들 이름 적기, 급식 빵 타오기, 음악실 정리정돈, 당번일지 쓰기, 아침 자습용 문제 내기 등등. 조를 이룬 짝꿍이 일에 젬병이면 완전

덤터기 쓰는 거다.

오늘의 당번
노희동, 영

칠판 오른쪽 상단에 당번 이름이 쓰여 있다. 글자가 지워져 한 명은 누군지 알 수 없다. 노희동. 받아쓰기 시험 때 짝꿍 이름까지 같이 베껴 쓰던 녀석이다. 낙제생이나 문제아도 희동이와 견주면 스스로 비교우위를 점하면서 자존감이 생겨나는, 모두에게 희망을 안겨주던 녀석⋯⋯.

노희동은 반에서 키도 제일 작았다. 어쩌면 팔이 닿지 않아 칠판을 못 지운 게 아닐까. 대신 지워 줄까. 묵은 칠판 쪽으로 걸음을 옮겨 놓는다. 삐걱대는 마룻바닥 소리가 신경을 긁는다. 양초 칠을 해서 걸레로 문지른 바닥이 유난히 반들거린다. 양초냄새, 아니 손때 냄새가 묻어나는 듯하다. 반 친구들 모두의 손길이 담긴 곳. 토요일, 오전수업이 끝나면 담임 지시에 따라 책걸상을 뒤로 밀치고 다들 바닥에 내려앉았다. 일정한 간격으로 앉아 각자 바닥에 양초 칠을 하고 걸레로 문지르며 소리 맞춰 구구단을 외웠다.

삼일은삼삼이육삼삼은구삼사십이⋯⋯

오일은오오이십오삼십오오사이십⋯⋯

큰소리로 외치다가 자신이 생기면 손을 들고 담임 앞에 나선다. 9단 외워봐. 구일은구구이십팔구삼이십칠… 하나라도 틀리거나 버벅대면 다시 쭈그리고 앉아 걸레질을 해야 한다. 그것도 노희동이 언제나 마지막까지 남았다. 바닥에도 녀석 손길이 제일 많이 묻어 있을 터였다.

분필 지우개 장난을 유난히 좋아했던 녀석. 걸핏하면 지우개를 양손에 들고 마주쳐댔다. 퍽 퍽 퍽! 교탁 주변에 하얀 분필가루가 난무하면서 노희동도 칠판도 액자 속 태극기도 순식간에 아슴푸레해지곤 했다. 누가 자신을 괴롭힐 때도 희동이는 그걸로 복수했다. 퍽 퍽 퍽! 다들 잽싸게 도망가고 희동이만 하얀 가루를 뒤집어쓴 채 남았다.

뒤 돌아보지 마,

칠판 바로 앞에 서니, 지워진 당번 이름이 희미하게 보인다. 김영묵. 그는 놀라 주춤 한다. 자신의 이름 아닌가. 하얀 분필가루가 분무하듯 날린다. 뒤 돌아보지 마. 낙서가 희미해지는가 싶더니 어느새 사라지고 없다. 글이 아니라 말소리였던가? 뒤 돌아보지 마. 뒤에 누군가가 있는 낌새다. 희동이? 심장이 뛴다. 돌아볼 용기가 나지 않는다. 하지만 아무리 생각해도 자신이 잘못한 기억은 없다. 친구들과는 달랐다. 다들 희동이를 곯려대고 괴롭힐 때도 그 대열에 끼지 않았다. 가해자가 된 적은 한 번도 없다. 안쓰럽다는 생각만 했을 뿐. 그게 잘못이

었을까. 동정이란, 우월감의 세련된 변형이 아니라고 자신할
수 있나……?

　힘든 하루였다. 하필 녀석과 한 조가 되다니. 온종일 혼자
당번 일을 해낸 거나 다름없었다. 커다란 물주전자도, 양동이
도 녀석과 같이 들면 물이 철철 흘렀다. 됐어, 나 혼자 할게.
번번이 짜증이 났다. 아침자습용 문제 내기도 혼자 해야 했
다. 철자법도 틀리는 녀석과 일을 나눠 할 수는 없었다.
　선생님께 이거나 갖다드리고 와. 음악실 열쇠 심부름만큼
은 희동이 해줘야 했다. 자습문제 내기가 끝날 때까지 희동이
는 돌아오지 않았다. 집으로 간 줄 알았다. 녀석은 더러 가방
을 둔 채 사라지기도 했으니까.
　영묵아, 우리 희동이는? 늦은 밤 희동이 엄마가 집을 찾아
왔다. 희동이 귀가하지 않은 것이다. 녀석은 다음날 발견되었
다. 지하 음악실로 향하는 복도 한쪽 공사 현장에서, 하얀 석
회가루를 뒤집어쓴 채……. 실족사였다.

　뒤 돌아보지 마. 아니, 돌아봐야 한다. 두려워할 이유가 없
다. 더는 회피하고 싶지 않다. 그것이 무엇이든 한번쯤은, 돌
아봐야 한다. 지금 이곳에서.
　묵은 고개를 돌린다. 교실 뒤 풍경이 서서히 눈에 잡힌다.
커다란 거울, 그 속에 누군가가 있다. 분필 가루라도 내려앉은
듯 희끗한 머리의 중년, 아니 중년을 넘어서서 노년으로 향하

는 남자다. 거울 속 인물은 오늘의 당번, 김영묵.

거울을 찬찬히 들여다본다. 희끗희끗한 머리, 그 아래 훤하게 드러난 이마와 가로로 또렷이 팬 주름의 남자. 그 위로 아홉 살 혹은 열 살 소년의 얼굴이 어른거린다. 김영묵이거나 노희동이거나. 소년이 청년으로, 청년은 중년 남자로 노신사로 바뀌는가 싶더니 노신사가 다시 소년으로…….

뒤돌아 보지 마. 그건 가슴 저 깊은 곳에서 맴돌던 자신의 목소리였나. 그는 미소를 지어 보인다. 웃음과 함께 주름도 깊어진다.

운동장에는 쉬지 않고 낙엽이 지고 있다. ✿

허택

2008년 「문학사상」신인상에 소설 「리브 앤 다이」 당
선 등단. 2011년 창작집 「리브 앤 다이」, 2014년 「몸의
소리들」 출간. 현재 부산에서 치과의원 운영(치과의사).
e-mail:ht7220@hanmail.net

오늘의 추상화

삼바파티가 흐른다. 기타음률이 어둠을 파고든다. 밤이 조용할 수 없다. 이미 노을 닮은 와인에 취해 있다. 너는 몇 번째 너인가? 말보로 연기 속에 우리 함께 퍼져 있다. 오늘 노을은 깨끗하게 찾아왔다. 벚꽃을 품은 바람이 깨끗했으니까. 4월 5일 토요일, 노을은 18시 20분 즈음 시작됐다. 그때 나는 세인트헬레나 커피향을 맡으며 아침 6시 20분을 생각했다. 세인트헬레나 향이 노을을 더욱 붉게 만들고 있다. 6시 20분, 코끝이 새벽공기에 찡했다. 악몽을 꾸지 않아서 다행이었다. 창밖은 새털구름이 살짝 끼어 있었다. 창문을 열자 바람 품은 하늘이 나를 안았다. 하늘은 한없이 컸다. 가슴이 팔딱팔딱 뛰었다. 나는 먼지보다 더 작게 나풀거렸다. 단단한 아랫도리가 하루를 만들기 충분했다. 기지개는 어깨를 시원하게 풀어냈다. 아침뉴스는 식목일을 말하고 있었다. 오늘 어떤 너를 만날까 설렜다. 벌써 10여 년이 흘렀다. 어떤 너와 마지막으로 장미묘목을 사무실 건물 옥상 정원에 심은 이후로. 지금도 햇빛이 장미꽃을 피우고 있을까? 궁금했다. 그때의 너는 빨강이었다. 기억이 반짝 빛났다. 뉴스가 끝나고 우유 한 잔을 마시자, 장미

묘목과 그때의 빨강은 기억 속에서 사라졌다. 아침햇살은 하루를 빠르게 만들어갔다. 오늘 일기예보가 TV화면에 뜬다. 최저기온 9도, 최고기온 17도, 습도 40~60%, 강수확률 0%, 오전 맑음, 오후 구름 약간 낌. 식목일이라 비가 살짝 내리는 것도 좋을 텐데. 기분 좋게 하늘 보며 생각했다.

나는 매우 상쾌했다. 해가 맑은 만큼 나도 맑았다. 어제 만났던 너희들은 이미 머릿속에서 지워졌다. 오늘 쾌청한 날씨만큼 너를 많이 만날 것이니까. 삼바파티가 LP판 위에서 계속 흐른다. 기타음률에 젖은 네가 내 앞에 있다. 말보로 연기가 밤을 건드린다. 살랑살랑. 밤은 점점 숨가빠지고 있다. 오전에 산뜻하게 집을 나섰다. 바람은 벚꽃만큼 달콤했다.

첫 번째 너는 은행에서 만났다. 은행 앞 화단에서 개나리꽃이 내 마음을 건드렸다. 세인트헬레나가 혀끝에 닿을 때처럼 짜릿하게. 노랗게 변해버린 내 얼굴이 거울에 비쳤다. 그다음 눈길이 저절로 너에게 갔다. 노란 얼굴로 네가 내 곁에 있었다. 너는 나를 보지 않았다. 하지만 나는 너를 몇 번씩이나 보았다. 너의 마음도 보았다. 너의 마음도 샛노랗다. 새싹이 돋고 있었다. 내 마음이 환해졌다. 은행 업무를 쉽게 마칠 수 있었다. 은행 문을 나서기 전에 나는 너의 마음을 쓰다듬어 줬다. 너를 노랑이라고 불러줬다.

햇빛의 각角이 점점 날카로워진다. 바람이 점점 빠르게 흐른다. 땅 속이 물길 따라 움틀거린다. 몸속 핏물이 점점 뜨거워진다. 모든 것이 오늘을 만들어간다. 부족함이 없다. 언제나 너를 만날 수 있다. 햇빛의 각 따라 무지개가 아롱진다. 나에게도 너에게도 무지개가 그려진다. 그래서 나는 너를 만나야 한다. 지하철 구석자리에서 너는 울고 있다. 오늘 몇 번째 너인지 모르겠다. 너를 달래려고 네 곁으로 다가갔다.

　너는 손에 시든 묘목을 들고 있었다. 너는 묘목줄기에 눈물을 적시고 있었다. 묘목이 불쌍하게 시들고 있어요. 물이 없어져요. 햇빛을 찾을 수 없어요. 오늘 슬퍼하는 너를 처음 만났다. 지하철 안에서 나도 슬퍼졌다. 나의 눈물을 묘목에 적셨다. 겨우 초록의 새싹이 줄기 끝에 피었다. 지하철 밖으로 나가렴. 안돼요. 너는 계속 눈물을 흘렸다. 오늘은 지하철을 타고 햇빛 잃은 사람들을 찾아야 해요. 나는 너를 초록이라고 이름 지었다. 12시 지하철은 어둡고 바빴다.

　14시, 기온 17도의 도시는 바쁘다. 햇빛과 바람이 그렇게 만든다. 내 발걸음도 들떠 있다. 바쁘게 너를 만나야 하니까. 햇빛의 각이 가장 날카로울 때 너는 아스팔트 위에 내던져졌다. 손에서, 얼굴에서 피를 흘리면서. 피는 햇빛에 반사돼 더욱 빨갛게 보였다. 너는 신음했다. 도시가 만든 풍경이다. 매일 어디선가 만들어지는, 빨강이 있어야하는. 빵빵거리는 차들 속에 너는 점점 빨갛게 물들어간다. 아스팔트를, 빌딩들을, 차들을 빨갛게 칠하면서. 오늘 너도 무서워한다. 나도 무섭다. 세 번째로 너를 만나는구나. 햇빛의 각은 더욱 날카로워진다. 피할 수 없다. 어쩔 수 없이 나까지 빨갛게 칠해진다. 너와 나는 함께 외쳤다. 햇빛이 우리를 빨갛게 만든다고. 그래서 너는 오늘의 빨강이 됐다.

16시가 되자 도시를 벗어나고 싶었다. 물 따라 걸었다. 물은 산속에서 시작됐다. 졸졸. 처음에는 소리가 매우 작았다. 콸콸. 물은 점점 크게 소리 냈다. 그래서 강이 됐다. 강은 바다와 만났다. 나는 두 명의 너를 만났다. 너무 기뻤다. 파랑이라 불리는 너는 산속에서 울지 않았다. 숲 속을 용감하게 뛰어다녔다. 나는 파랑과 함께 하늘을 만지고 싶어 산꼭대기에 올라갔다. 산들은 하늘에 묻혀 있다. 파랑은 나를 하늘 깊숙이 헹가래쳤다. 그래도 하늘을 만질 수 없다. 파랑이 말했다. 하늘이 언제나 우리를 만지고 있어. 햇빛이 온갖 색깔을 너와 나에게 칠하고 있는 거야. 지금은 너도 파랑, 나도 파랑이잖아. 강이, 바다가 햇빛의 각 따라 출렁인다. 마치 심호흡하듯이. 햇빛이 아지랑이와 안개, 구름을 만든다. 그것들이 바람에 실려 하늘을 누빈다. 너를 뭐라 부르지? 너는 강가에 앉아 물장구를 친다. 남빛이야. 물이 햇빛을 언제나 식혀주고 있어. 그래야 내일이 만들어지니까. 나는 초록을 만나야 해. 남빛은 언제나 초록을 만나고 싶어 한다. 강 따라 가면 초록을 만날까? 남빛이 나에게 물어본다. 초록은 땅 속에서 만날 수 있을 거야. 남빛을 껴안으며 대답한다. 남빛은 다섯 번째 너인가? 초록은 나를 알아볼까? 남빛은 걱정한다. 시든 묘목을 들고 있었어. 빨리 초록을 찾아봐. 노을이 찾아오기 전에. 나도 남빛과 함께 물장구를 쳐본다. 바람이 물결을 만든다. 물결이 안개의 노래를 부른다. 구름의 노래도 부른다. 햇빛의 각이 무

여진다. 파랑이 산속에서 외친다. 우리는 봄을 만들고 있다
고.

휴식을 위한 떨림이 서쪽 하늘에서 시작된다. 18시 즈음부
터. 테라스 앞 벚꽃잎 사이로 노을이 스며든다. 테라스에 앉
자마자 노을이 넉넉하게 찾아온다. 네가 세인트헬레나 두 잔
을 들고 내 곁에 앉는다. 함께 노을에 젖고 싶다면서. 커피향
이 노을을 더욱 붉게 만들고 있다. 노을에 젖은 너는 황홀하
다. 마치 심장이 매스에 찢어지듯이. 노을이 너에게 벚꽃처럼
번진다. 떨림은 폭죽보다 더 세게 가슴에서 터진다. 너를 마
냥 쳐다본다. 너는 홍시처럼 말랑말랑하다. 너는 나를 살포시
안는다. 떨림은 첫 울음을 터뜨릴 때부터 시작했었다. 겹겹이
쌓이는 기억 속에 너는 여러 번 나와 만났었다. 기억하나? 너
를 껴안고 있었을 때를. 그때 너는 속삭였지. 나는 주홍이에
요. 나를 잊지 못할 거예요. 당신이 얼마나 떨고 있는지 아세
요? 우리는 번지점프하듯 노을 속으로 끝없이 떨어진다. 서로
의 떨림을 온몸으로 느끼면서.

기타소리가 촉촉하다. 너는 와인을 한 잔 마신다. 혀끝으로
천천히 음미하면서. 내 마음도 촉촉하다. 너는 말보로 연기
속에 흐느적거린다. 보라 너는 몇 번째인가? 오늘 만나는 마
지막 너인가? 햇빛을 가득 담은 와인이 어둠 속에서 찰랑거린
다. 밤이 뜨거워진다. 모두가 삼바로 흐느적거린다. 너의 눈
이 촉촉하다. 오늘 일기예보는 그림 그리기 좋았다. 네가 내
옷을 벗기기만 한다면. 네가 어느덧 내 몸을 보라색으로 덧입

한다. 네가 내 귀를, 목덜미를 어루만진다. 언제나 하는 대로. 그리고 속삭인다. 밤을 뜨겁게 만들자고. 눈길 속에 너와 나는 만난다. 매일 밤 기타소리 들으며, 와인 한 잔을 마시며, 밤을 뜨겁게 그려야 하듯이. 너의 입술에 와인이 젖는다. 나의 입술에 와인이 젖는다. 기타소리가 점점 날카로워진다. 오늘을 끝내는 키스를 나누자구나. 보라는 내 아랫도리를 끌어당긴다. 구름 같은 침대 위에서. 오늘을 예쁘게 그렸다. 오늘 너희들 참 고맙다. 내일은 어떤 너희들을 만날까? 어떤 그림이 그려질까? 내일을 그릴 햇빛이 또 나를 찾아올 것이다. 6시 10분 즈음에. 0시가 되면 오늘의 너희들은 4월 5일이란 그림으로 벽에 걸릴 거다. 좋은 꿈을 꾸고 싶다. 4월 6일을 예쁘게 그리고 싶어서. 삼바파티는 0시에 멈춘다. ✒

황혜련

강릉 출생. 숙명여대 대학원 졸업. 2011년 진주가을
문예 소설 당선. 2013년 장편으로 대한민국디지털작
가상 수상. 2014년 『경상일보』 신춘문예에 소설 「깊은
숨」 당선. e-mail:hwanghr30@hanmail.net

후보작

운수 좋은 날

갑자기 소나기가 쏟아졌다. 햇볕은 쨍쨍하고 모래알은 반짝이는데 난데없이 비라니. 일기예보에서도 비 소식은 없었다. 긴 장마가 물러갔으니 당분간 비 소식은 없을 거라며 무더위만 대비하면 된다고 기상캐스터는 말했었다. 갑작스런 소낙비에 노제路祭는 엉망이 되어버렸다. 제상을 차려놓고 곡을 하려는 찰나, 후드득 비가 쏟아져 곡소리 대신 아우성으로 바뀌었다. 흩어져 있던 장례 일행이 나무 아래로 모여들었다. 노제를 지내려던 데가 느티나무 밑이라 그나마 다행이었다. 몇몇은 운구차량으로 뛰어올랐다. 마른하늘에 웬 날벼락이람. 장마 뒤털기인가. 사람들이 저마다 한 마디씩 했다.

고인의 손자인 혁이 우비를 챙기러 집을 향해 뛰었다. 다행이 집은 노제 장소에서 그리 멀지 않았다. 느티나무가 있는 마을 공터를 지나 들판을 가로지르니 저만치 집이 보였다. 혁은 있는 힘껏 뛰었다. 그런데 집에 거의 다 와서 혁은 황당한 장면 앞에서 우뚝 서버리고 말았다. 사내 둘이 집 앞에 세워둔 자동차에 들러붙어 유리를 깨고 있었다. 자동차는 고인의 맏딸이자 혁의 고모인 경자 씨 차였다. 혁은 순간 얼어붙었다.

주위를 둘러보았으나 허허벌판뿐 아무도 없었다. 사내들은 혁을 보고도 도망가지 않고 하던 짓을 계속했다. 대신 모자를 더 깊숙이 눌러썼다. 혁은 뒤돌아서 다시 뛰었다. 빗줄기는 더 거세졌다. 어느새 느티나무 아래 제상도 완전히 거두어졌다. 혁은 떨리는 소리로 강도야,를 외쳤다. 고인의 둘째아들이자 혁의 삼촌인 경수 씨가 무슨 일이냐며 쫓아왔다. 혁은 떠듬거리며 말했다. 웬, 웬 놈들이 경자 고모 차를 박살내고 있어요. 고인의 맏아들이자 혁의 큰아빠인 경준 씨가 달려오며 또 물었다. 혁은 다시 한번 말했다. 웬 놈들이 우리 차 유리를 깨고 있어요. 그 소리에 고인의 첫째 사위이자 경자 씨의 남편인 우식 씨가 놀라 집으로 달려갔다. 그 뒤를 경준 씨와 경수 씨가, 그리고 그 뒤를 경자 씨와 혁이, 그리고 그 뒤를 또 누가 달렸다.

그러나 때는 이미 늦었다. 사내들은 자동차에서 검은색 가방 두 개를 꺼내어 저만치 달아나고 있었다. 어, 어, 도둑이야! 고인의 사위이자 혁의 고모부인 우식 씨가 외쳤으나 사내들은 벌써 자신들의 포터 차량에 올라타고 있었다. 그리고 빗속을 뚫고 사라져갔다.

고인의 사위이자 경자 씨의 남편인 우식 씨가 파랗게 질린 얼굴로 바닥에 털썩 주저앉았다. 조 조의금을… 저놈들이 조의금을 몽땅… 우식 씨는 말을 잇지 못했다. 사람들의 시선이 일제히 우식 씨에게로 쏠렸다. 흙탕물이 상복에 배어드는 것쯤은 문제도 되지 않았다. 고인의 맏딸이자 우식 씨의 아내인 경자 씨가 달려들어 다그치듯 물었다. 조의금, 조의금이라고?
그럼 저놈들이 들고 뛴 게 조의금이란 말이야?

우식 씨의 고개가 힘없이 아래로 툭 떨어졌다. 아이고, 아이
고야… 경자 씨도 땅바닥에 털썩 주저앉았다. 운구차 앞에서
나야 할 곡소리가 엉뚱한 데서 났다. 놈들이 분향실 복도에서
얼쩡거릴 때부터 알아봤어야 했는데 아무도 그들이 조의금을
노린 도둑일 거라는 생각은 하지 못했다. 장례식장이라는 데
가 오만 사람 다 오가는 곳이니 낯모르는 이가 분향실을 기웃
거린다 하여 뭐라 할 수는 없었다. 그것도 대놓고 기웃거리는
것도 아니고 복도의 게시물을 보는 척, 신문을 보는 척하며 한
번씩 흘깃거리니 불쾌하긴 해도 다가가 따져 물을 수가 없었
다. 사랑하는 가족을 잃은 슬픔에다가 다음 장례 절차도 빡빡
하니 놈들에게 신경을 빼앗기고 있을 수만은 없었다. 그런 틈
을 타서 놈들은 장례식장에서부터 돈가방의 행적을 엿보며
줄곧 뒤를 따라왔던 거였다.

빗줄기가 가늘어지더니 그쳤다. 눈앞에서 도둑을 보고도
속수무책으로 당한 가족은 어안이 벙벙해 다음 할 일을 잊었
다. 고인의 사위이자 경자 씨의 남편인 우식 씨는 침통한 얼굴
로 어떻게 해, 어떻게 해, 만 되뇌었다. 조의금은 우식 씨가 맡
았었다. 평소 침착하고 듬직한 성격이라 믿고 맡겼던 건데 이
지경이 되어버렸다. 가끔 뉴스에서 경조사비를 노린 범죄가
있다는 말을 듣긴 했어도 이 꼴난 시골에 조의금을 노린 도둑
이 있을 거라는 생각은 하지 못했다.

피해액은 컸다. 고인이 워낙 이 마을의 터줏대감인 데다가 자식들이 모두 성공해서 문상객이 많았던 터라 조의금은 만만치 않았다.

고인의 맏딸이자 우식 씨의 아내인 경자 씨가 경찰에 신고를 했다. 고인의 맏아들이자 혁의 큰아빠인 경준 씨가 조의금 도둑은 일단 경찰에게 맡기고 장례를 마저 치르자며 노제를 지내려던 마을 공터로 앞장섰다. 그 뒤를 사람들이 터벅터벅 따라갔다.

느티나무 아래 다시 노제상이 차려졌다. 그리고 아이고 소리와 함께 노제를 지내려는 찰나 경찰차가 들이닥쳤다. 노제는 또 멎었다.

그때 운구차에서 자고 있던 고인의 외손자이자 경자 씨의 아들인 영민이 왜 이리 소란스럽냐며 버스에서 나왔다. 영민은 외국 유학 중에 갑자기 할아버지의 부음을 듣고 왔던 터라 시차 적응이 안 되어 계속 잠바람이었다.

경자 씨가 영민에게 그 간의 일을 간단하게 얘기했다.

"차 안에 있던 가방을 도둑맞았다구요? 그거 내 가방인데?"

"뭐? 니 가방?"

사람들이 일제히 영민이에게 달려들어 되물었다.

"예, 제 여행가방요."

"그럼 조의금 가방은?"

"아, 그거요? 제가 가방을 넣어둘 때 뭔 가방이 있길래 열어보니 돈봉투가 가득 든 조의금 가방이더라구요. 차안에 보이게 두면 위험하겠다 싶어 트렁크로 옮겨놨죠."

영민의 말이 떨어지기가 무섭게 사람들의 발걸음이 일제히 자동차로 향했다. 그리고 서둘러 트렁크를 열었다. 아니나다를까, 돈가방은 얌전히 트렁크에 놓여 있었다.

와! 경자 씨와 우식 씨가 부둥켜안고 함성을 질러댔다. 주위에 있던 사람들도 덩달아 기뻐하며 날뛰었다. 돈가방을 찾는 바람에 장사집은 졸지에 잔치집으로 바뀌었다. 아무리 침통한 표정을 지으려 해도 입 밖으로 웃음이 실실 새어나오는 걸 어쩔 수가 없었다.